L'Étrangère

GARDNER DOZOIS

L'Étrangère

roman traduit de l'anglais (U.S.)
par Jacques Guiod

DENOËL

Titre original :

STRANGERS

9, rue du Cherche-Midi, 75006 Paris
ISBN 2-207-24907-7
B 24907-8

Pour Tom et Sara Purdom,
qui ne liront pas ce livre

Remerciements

L'auteur aimerait remercier les personnes suivantes pour leur aide, leurs critiques et leurs suggestions :

Robert Silverberg, Jack Dann, Susan Casper, Donald G. Keller, Jack C. Haldeman II, Virginia Kidd, Joanna Russ, Kirby McCauley, Pamela Sargent, George Zebrowski, Carol Emshwiller, Eileen Gunnn, Pat Cadigan, Karen Faraguna, Trina King, John Douglas, Ginjer Buchanan, Gene Di Modica, Victoria Schochet, George R. P. Martin, Judith Weiss, Michael Swanwick, Robin Rosenthal, les membres de la Conférence des écrivains de science-fiction de Milford de 1973, les membres de l'Atelier d'écriture de Guildford de 1973, avec une mention particulière pour mon éditeur, David G. Hartwell, ainsi que pour le Dr Pat Hartwell.

1

Joseph Farber rencontra pour la première fois Liraun Jé Genawen pendant la cérémonie de l'*Alàntene*, la Pâque du solstice d'hiver, l'Ouverture-des-Portes-de-Dûn, qui se déroulait annuellement dans l'ancienne ville d'Aei, sur le rivage nord de Shasine, sur le monde de Lisle. « Lisle » était le nom terrien, bien entendu, donné en l'honneur du sénateur Lisle Harris, le premier humain à visiter cette planète, et entré en usage parmi les Terriens expatriés d'Aei parce qu'ils avouaient avoir beaucoup de mal à prononcer le nom indigène, Weinunach, « Foyer fertile ».

Farber se trouvait sur Weinunach — ou « Lisle » — depuis un peu plus d'une semaine et il ne s'était rendu qu'en de rares occasions en dehors de l'Enclave, ce quartier — ou ghetto, comme l'on voudra — exclusivement réservé aux Terriens. Ce soir, l'ennui et l'abattement s'étaient conjugués pour l'obliger enfin à se bouger un peu : il s'était mêlé à un groupe d'expatriés qui se rendaient à l'*Alàntene*, en partie parce que Brody lui avait assuré que « les Cian donnaient toujours un bon spectacle » et en partie parce qu'il redoutait de se perdre irrémédiablement sans guide. Maintenant qu'il marchait dans les larges rues de céramique de la Ville nouvelle d'Aei, il se sentait mélancolique en dépit des bavardages bruyants des autres Terriens — ou peut-être à cause d'eux — et commençait déjà à regretter de ne pas être resté à l'Enclave.

C'était une nuit froide et humide, et il n'allait pas tarder à pleuvoir. Les brumes grises montées du fleuve se faufilaient lentement entre les rues bordées de hauts murs tels des serpents paresseux, ou dérivaient comme des tentures brillantes qui traversaient en ondulant les vastes places de porcelaine. L'air charriait des parfums d'épices et de pollen, d'encens et de musc. Âpres, aigres, douces ou lourdes, les odeurs glissaient sur l'humidité comme l'huile sur l'eau, non identifiables pour la plupart, mais toutes évocatrices. Parfois le vent soufflait, écartant les brumes et les traînées nuageuses, semblable à une main invisible, révélant ainsi les millions d'étoiles glacées du ciel nocturne d'Aei, denses et éclatantes sur fond de velours noir. Aucune des lunes ne s'était encore levée, et la constellation de l'Homme d'Hiver projetait à peine sa tête froide à chevelure de nébuleuses au-dessus de l'horizon du nord. C'est là, au nord, que se dressait la Vieille Ville, au sommet d'une falaise de pure obsidienne de cent mètres de haut : sa silhouette se détachait sur la splendeur du torse de l'Homme d'Hiver, dont la tête surplombait, terrible, les plus hautes tours. Les lumières de la cité, argent, jaunes ou d'un orange profond et secret, luisaient, impassibles, au sein de la ville de pierre perchée dans les airs. Farber avait l'impression que la Vieille Ville l'observait, sans manifester nécessairement une quelconque désapprobation ni même un certain intérêt, non, elle posait sur lui son regard insondable comme pour bien lui faire comprendre qu'ici, ce n'était pas la Terre.

La Ville nouvelle se montrait plus amicale, avec ses maisons de céramique arrondies, ses carreaux et ses mosaïques, ses murs de faïence vernie et de poterie. L'éclairage y était d'un pastel très doux que les brumes languissantes diffusaient par intermittence. Pourtant, l'atmosphère sous-jacente avait quelque chose d'étrange, de dérangeant. Pendant une heure qui leur avait paru une année, ils avaient marché à travers la Ville nouvelle — petit groupe d'humains nerveux et insouciants, trop bruyants pour le silence environnant —, et ils n'avaient vu personne, pas un seul indigène, pas la moindre créature vivante. Farber commençait à se demander si les rues étaient toujours aussi vides, calmes et emplies d'écho, comment alors on pouvait accepter d'y vivre, quand ils aperçurent droit devant un groupe de Cian qui marchaient dans la même direction qu'eux. Au même moment, ils entendirent le premier murmure, faible et lointain, de l'*Alàntene*. Ils se trouvaient à présent tout près des faubourgs est de la Ville nouvelle et les rues descendaient en pente rapide vers le fleuve Aome. Les indigènes ralentirent — ils avaient rejoint un autre groupe de Cian, et, devant ce groupe, s'en trouvait un autre, puis un autre encore, et Farber vit pourquoi la Ville nouvelle était désertée. Toute la population d'Aei faisait mouvement vers les rives du fleuve Aome en vue de l'*Alàntene*, et les Terriens venaient seulement de rattraper la queue de l'immense foule.

Aussi loin que le regard pouvait porter, on apercevait les Cian massés dans les rues. La plupart marchaient à pied, portaient des enfants sur leurs épaules ou tenaient des paniers de fruits, des guirlandes de fleurs aux formes étranges ou divers instruments de bois poli, de métal et d'obsidienne dont les Terriens étaient bien incapables de deviner la fonction. Bien d'autres objets rapidement entrevus échappaient également à toute identification. Certains Cian circulaient dans des chariots à six roues tirés par des animaux mouchetés ressemblant à d'énormes sangliers ; leurs rênes étaient décorées de fleurs noires en forme d'étoile et de minuscules clochettes de cristal, de sorte que, quand les bêtes remuaient la tête, l'air s'emplissait de tintements mélancoliques et leurs défenses en spirale resplendissaient à la lueur des constellations. Au grand étonnement de Farber, quelques Cian chevauchaient à cru d'immenses créatures sinueuses semblables à des serpents aux membres multiples ou à des mille-pattes reptiliens. Elles paraissaient assez espiègles, mais lançaient parfois de longs meuglements pleins de langueur et regardaient autour d'elles en faisant cligner leurs yeux tristes et intelligents. Les Cian eux-mêmes — petits humanoïdes assez minces aux mouvements étrangement gracieux — étaient vêtus pour la plupart de couleurs sombres, mais leurs costumes étaient somptueux, taillés dans de belles étoffes et d'habile facture. Des bijoux d'argent, d'ambre et d'obsidienne scintillaient çà et là parmi la foule, et de la lente procession se dégageait une curieuse atmosphère d'austère célébration.

Il fallut encore près d'une demi-heure pour que le reste de la foule parvienne jusqu'au lieu de la cérémonie. Pendant ce temps, le son de l'*Alàntene* passa d'un murmure, d'un chuchotement, à une vaste houle qui emplit la nuit, qui emplit le sang, le cerveau et les entrailles, jusqu'à ce que Farber remarque qu'il respirait au même rythme que les coups sourds et formidables des tambours et le susurrement rauque de l'incantation, et il soupçonna son cœur de battre également au même rythme. Janet LaCorte dit que cela lui donnait la migraine. Parfois, le vent leur apportait les bribes d'une musique plus rapide, une sorte de staccato cristallin qui servait de contrepoint au gigantesque battement du Cœur-du-Monde. Il n'y avait aucun autre son, en dehors du murmure et du frôlement d'un million de pieds sur le dallage, le grincement des roues des chariots et les appels plaintifs des créatures serpentiformes. Autour d'eux, les Cian ne parlaient pas. Brody était un peu parti — comme la plupart des Terriens, il pensait que l'on appréciait mieux les Pâques, les cérémonies indigènes, quand on y allait défoncé ; il riait constamment et son regard voletait d'un objet à un autre sans jamais vraiment s'y attarder. Depuis quinze minutes, Farber discutait vivement avec Kathy Gibbs à propos d'une chose insignifiante ; leurs voix montaient, s'échauffaient, et, quand ils arrivèrent au bas de la pente, Farber, piqué par une ultime remarque de Kathy, se dégagea brusquement et se retourna pour lui faire face.

« Va te faire foutre, pauvre conne », dit-il. Il était tout pâle et semblait sur le point de la frapper.

Kathy lui rit au nez. Leur dispute lui avait mis le rouge aux joues et ses yeux brillaient, mais elle n'avait nullement l'air perturbée par sa colère. « Tu n'es pas très drôle ce soir », dit-elle. La sueur avait collé ses cheveux à son front et Farber voyait ses seins sous son chemisier à demi transparent : leurs pointes durcies se frottaient à l'étoffe. Une soudaine bouffée de désir se mêla à sa colère et le plongea dans l'embarras. Il bredouilla quelques mots, mais elle rit à nouveau de lui. Elle lisait parfaitement en lui. « À plus tard, chéri », dit-elle en écartant les cheveux de ses yeux. Elle lui adressa un sourire entendu. « Sur le coup de minuit, d'accord ? » Il ne répondit rien. Elle lui lança un regard moqueur, sourit à nouveau et s'éloigna rapidement pour se fondre dans la foule. Les poings serrés de rage, la mâchoire crispée, Farber la regarda partir.

Brody gloussait. Il avait écouté toute leur discussion, ouvertement, sans la moindre gêne, et y avait apparemment pris beaucoup de plaisir. Il tapa sur l'épaule de Farber. « Qu'elle aille se faire foutre, dit-il d'une voix qui se voulait une parodie de chaude camaraderie virile. Qu'elles aillent toutes se faire foutre, c'est ce que je dis toujours. Il y a des millions de pétasses dans le monde. Une de perdue, dix de retrouvées.

— Ça te gênerait de t'occuper de tes affaires ? répliqua Farber.

— Toi aussi, va te faire foutre», dit gaiement Brody, sans la moindre rancœur. Cela le rendait assez jovial. Il éclata inopinément de rire et parut surpris lui-même, comme si c'était parti tout seul. Il regarda Farber du coin de l'œil. «Tu verras», dit-il mollement, en connaisseur. Puis il fit : «Oh ! la la», d'un air plaintif, et ne s'intéressa plus qu'à quelque chose qui bougeait sur la plage. Il souriait éperdument.

Les autres Terriens s'étaient tenus en retrait pendant la durée de la dispute. Ils pouvaient maintenant les rejoindre, et Fred Lloyd donna à Brody une bourrade pour le remettre dans la bonne direction. Ed Lacey et deux amis passèrent en reniflant des atomiseurs narcotiques, suivis de Janet LaCorte qui adressa à Farber un regard désapprobateur : c'était l'amie de Kathy. Lloyd arborait une expression indéfinissable, où l'ennui se mariait à la condescendance. Farber comprit subitement qu'il avait dû lui falloir des années de pratique intensive pour parvenir à un tel résultat. «Tu viens ?» lui demanda Lloyd. Il fit non de la tête. Lloyd haussa les épaules et les Terriens passèrent leur chemin. Farber était heureux de les voir partir. Aigris par la futilité de l'entreprise terrienne, tous se montraient volontairement cyniques et amers et se plaisaient à penser qu'ils dégageaient un air de décadence très fin de siècle. En vérité, ils étaient tout simplement ennuyeux.

Farber plongea dans le gros de la foule et se fraya un chemin dans la masse des corps. Empli de dégoût et de mépris de soi. Kathy n'était sa maîtresse que depuis quelques jours, et elle était déjà si sûre de lui qu'elle pouvait se permettre de se moquer et de disparaître dans la fête, certaine qu'il l'attendrait selon son bon plaisir. Car il l'attendrait. Une fois qu'il eut accepté cela, sa colère se changea en une terne résignation. À des années-lumière de sa maison et de sa race, il devait s'accrocher à quelque chose — et c'était à elle. Maussade, il continua de marcher. Il avait quitté la route. À présent il se trouvait sur le sable dont les grains fuyaient et chuchotaient sous ses pieds. Une rangée de dunes se dressait devant lui, entrecroisées et envahies d'herbes marines et de pousses de bois de fer.

Il monta au sommet de l'une d'elles et vit l'*Alàntene* s'étaler à ses pieds. Il s'arrêta en titubant, un peu ivre, seul dans la nuit étrangère. Ce gros homme aux mouvements lents avait une tête ronde, un cou puissant, des yeux sombres et une chevelure blonde et broussailleuse. Son visage bien charpenté était dominé par des joues épaisses et une mâchoire solide et obstinée — carrée, en saillie, truculente. C'était un visage arrogant, que venait maintenant adoucir en permanence une ombre de perplexité nostalgique. De façon incongrue, ses yeux étaient perdus, vulnérables dans cette figure dure, voire brutale — comme si un enfant effrayé se cachait en lui, regardait par les orbites et manipulait ce corps massif à l'aide de leviers et de rouages. Le long murmure profond de l'incantation montait vers lui pour le frapper en pleine face pendant que le roulement primal des tambours ébranlait la dune sous ses pieds et creusait vers la plage de petites rigoles de sable. Sa colère s'apaisait, et il fut à nouveau submergé par cet interminable bruit marin, noyé, dissous, ballotté en tous sens comme un grain de sable dans la marée, entraîné vers les lieux secrets du fond de l'océan, puis rejeté sur la rive après une décennie ou un millier d'années. Calmement, il redescendit en enfonçant ses talons dans la dune. Il avait le sentiment que, s'il devait tomber ou sauter, l'immense clameur de l'*Alàntene* viendrait à sa rencontre et l'emporterait, et il pourrait alors la chevaucher comme une mouette se joue des courants aériens…

C'est ici que le fleuve Aome venu de l'ouest rencontrait la mer, la mer Aînée, le Grand Océan du Nord, l'Océan-du-Monde. Sur la droite de Farber, l'Aome était un flot gris et rugissant, un trait de ténèbres plus claires dans une nuit d'un noir d'encre, que l'on pressentait et entendait plus qu'on ne le voyait. Sur sa gauche, formant un angle droit avec sa trajectoire, les dunes s'étiraient vers le nord en une ligne continue ; accompagnées de leur frange de plage, elles s'allongeaient ainsi, parfaitement rectilignes, sur plus de cinq cents kilomètres : c'était le rivage nord de Shasine. Au sud, par-delà l'Aome et invisibles pour l'heure, des marais salants s'étendaient à perte de vue. Droit devant, en direction de l'est, la nuit débouchait sur l'infinité de l'espace. L'océan était bien là, derrière les brumes : l'odeur de son sel imprégnait le vent humide qui fouettait Farber au visage, le sifflement de sa houle transparaissait sous la monotonie du chant. Au-delà de la cérémonie, ses vagues luisaient comme des torches quand elles venaient mourir sur la plage.

Farber passa devant le L massif d'Ocean House/River House et s'approcha le plus possible de l'eau. Les Cian étaient serrés les uns contre les autres et il y en avait des milliers. La lueur rouge, un peu fumeuse, des flambeaux se reflétait sur leurs dents et dans leurs yeux — des yeux aux pupilles et aux iris démesurés, des canines pointues comme des aiguilles. Tous se balançaient selon un rythme lent et bien marqué et esquissaient une sorte de danse un peu traînante : un pas en avant, un pas en arrière, un pas sur le côté, puis à nouveau un pas en avant, encore, encore et encore. Rien de cela ne semblait délibéré ; le mouvement n'était qu'une réponse inconsciente et instinctive à la musique, presque un tropisme. Les Cian étaient préoccupés par la cérémonie, ils y consacraient toute leur attention et peut-être ne se rendaient-ils même pas compte que leurs corps se balançaient et martelaient le sol dans la nuit moite et enfumée. Au bout d'un moment, Farber s'aperçut que lui aussi faisait la même chose — sans le vouloir et parfaitement en rythme, comme s'il avait fait cela toute sa vie. Au début, il trouva cela effrayant, puis curieusement exaltant, et enfin les deux émotions disparurent, et il ne resta plus que le chant, le mouvement régulier et hypnotique de la foule, la chaleur enveloppante de cent mille corps pressés l'un contre l'autre, l'odeur âcre de la sueur des aliens.

Par-delà la foule se déroulait la cérémonie, l'*Alàntene* proprement dite. Les musiciens jouaient du tambour, de la flûte ainsi que d'instruments à cordes qui tintaient comme des mandolines ou des tympanons. Assis en tailleur, ils formaient un immense demi-cercle entre les spectateurs et l'océan auquel ils faisaient face. Leurs mains battaient ou frappaient les cordes sans la moindre hésitation, avec une précision inhumaine, comme s'ils étaient des robots aux costumes bigarrés ; et ils se balançaient d'arrière en avant au rythme de leur propre musique. À l'extrême gauche de Farber, entassé entre les musiciens et la mer, le groupe des chanteurs était composé de plus d'une centaine de Cian brillamment vêtus, tous de sexe masculin, tous *âgés* : cheveux blancs de neige, yeux brillants comme l'argent, visages parcourus de rides complexes mais aussi inexpressifs que des rochers. Ils réalisaient une version plus compliquée, plus élaborée, du pas de danse de la foule : certains faisaient aussi des gestes rituels du bras ou de la main, d'autres jetaient périodiquement des poignées de poudre sur les torches afin qu'elles s'embrasent d'argent, de vert ambré et d'écarlate. Quelques-uns avaient de l'eau jusqu'à la taille : la marée montait, mais ils continuaient à chanter, imperturbables. À l'extrême droite, presque invisible, un autre groupe de vieillards participait à ce qui ressemblait à une dramaturgie extrêmement stylisée rappelant un peu le théâtre Nô ; ils parlaient au lieu de chanter ou de psalmodier, et parfois leurs voix se démarquaient nettement du reste de la cérémonie.

Toutefois, au centre de la célébration, au cœur de l'*Alàntene*, se trouvaient les danseurs. Ils occupaient la majeure partie de la portion de place éclairée par les torches et dansaient en lisière de la mer Aînée sur du sable humide et dur. Ils étaient peut-être deux ou trois cents, de tous âges, hommes, femmes et enfants mêlés. Certains étaient nus, et l'éclat des flambeaux jouait d'étranges jeux d'ombre et de lumière avec leurs peaux moirées et leurs membres aux mouvements rapides. D'autres portaient des costumes fantastiques, des panaches majestueux, des plumes et des joyaux étincelants ainsi que des masques grotesques qui leur faisaient des têtes démesurées. Des dieux et des démons dansaient sur la plage, et leur reflet dansait avec eux sur le sable luisant. Des plates-formes avaient été édifiées sur l'océan, à quelques centimètres de la surface, et les créatures chatoyantes qui y dansaient sautaient parfois en l'air pour retomber dans l'eau comme des pierres. Elles folâtraient et plongeaient, tels des marsouins ivres, aussi à l'aise dans la mer que sur terre. Les danseurs avaient le pied bien assuré et faisaient preuve d'une incroyable agilité. Ils tournoyaient, caracolaient, demeuraient parfaitement immobiles pendant un long moment, se trémoussaient ou faisaient des sauts périlleux. Il en allait ainsi depuis des heures, depuis le crépuscule, et cela continuerait sans la moindre interruption jusqu'au lever du jour. Farber les observa longuement. Ce n'est qu'après, loin de la plage, qu'il put estimer qu'au moins trois heures s'étaient écoulées. Le temps et la durée n'existaient plus. De temps à autre, la foule des spectateurs qui l'entouraient poussait à l'unisson une sorte de soupir ou de gémissement, un puissant *Ahhh* qui remontait vers les étoiles au regard glacé, disparaissait sous l'incantation, puis enflait à nouveau de manière irrésistible. *Ahhh.* À l'instar de leurs mouvements ondulants, ce n'était pas une chose délibérée, une réponse attendue, comme lors d'une cérémonie religieuse terrienne. Il s'agissait plutôt d'une réaction, d'un son de terreur assourdi qui leur était arraché — presque malgré eux — par le pouvoir de l'*Alàntene*. Farber fit de même : ses lèvres s'ouvraient comme tirées par des crochets, et le son sortait, brisé et grave, de sa gorge, *Ahhh, Ahhh.* Quand il regardait l'assemblée, il lui semblait que tout était étroitement imbriqué — le mouvement des danseurs, les chants, les torches qui claquaient comme des bannières de feu, le douloureux cri d'extase des instruments, les reflets sur le sable mouillé, la chaleur et la sueur des corps qui l'entouraient —, que l'univers se refermait sur lui-même, que la terre, le ciel et l'eau, indifférenciables, ne faisaient plus qu'un.

Effrayé, Farber s'arracha à ce spectacle. Il s'éloigna de la plage en bousculant tout le monde jusqu'à ce que le bruit de la cérémonie fût moins écrasant et que sa panique se fût apaisée. Il était allé trop loin, s'était trop approché d'une chose étrangère, il avait été sur le point de saisir de manière intuitive une réalité à laquelle il n'était absolument pas préparé. Ébranlé, enivré par cet encens, ces flambeaux, cette étrangeté, ses jambes ne le portaient plus. Lentement, il remonta le long de la plage en direction d'Ocean House. L'*Alàntene* s'était adressée à ce qu'il y avait de plus triste, de plus farouche, de plus désespéré dans son sang, réveillant des désirs qu'il ne pouvait ni nommer ni satisfaire. Son crâne recelait une horde fantomatique d'émotions chaotiques impossibles à identifier, quoique moqueuses et insistantes. Les voix s'étaient quelque peu atténuées quand il arriva au portique d'Ocean House, toujours étourdi et chancelant, il se sentait plus dérouté que jamais. Devant la bâtisse, boissons locales ou atomiseurs à la main, un groupe de Terriens regardait la cérémonie se dérouler sur la plage avec une sorte de tolérance amusée, comme s'ils assistaient à un feu d'artifice. Farber les évita et entra.

C'était un énorme bâtiment en forme de L, situé juste au nord du point où l'Aome se jetait dans la mer Aînée. La partie qui faisait face au sud dominait l'Aome et portait le nom de River House, la maison du fleuve ; celle qui était tournée vers l'est et la mer, celui d'Ocean House, la maison de l'océan. Les deux façades étaient couvertes de verre de haut en bas et constituaient de fait deux immenses fenêtres que venait seulement barrer la ligne horizontale du premier étage. Il s'agissait d'un établissement entièrement profane qui n'avait pas de réel rapport avec l'*Alàntene* ou avec n'importe laquelle des Pâques des Cian, bien qu'ayant été construit par eux. On pouvait venir ici par n'importe quel temps — certaines Pâques se déroulaient lors de tempêtes de neige ou dans la chaleur accablante du cœur de l'été — et assister derrière une vitre aux cérémonies ; on pouvait se reposer sur des matelas de plage ou des hamacs et se rafraîchir grâce à la grande variété d'essences, de liqueurs et de mets proposés à la vente. Les Pâques existaient depuis très longtemps et les Cian étaient parfaitement conscients de leur valeur divertissante ainsi que de l'intérêt commercial qu'ils pouvaient en retirer. Cette conscience, ils l'avaient depuis des centaines d'années, bien avant l'arrivée du premier être venu d'un autre monde. Les Pâques n'étaient nullement exploitées par des êtres grossiers venus d'ailleurs : c'étaient les Cian eux-mêmes qui s'en chargeaient, en toute sérénité, et cela ne semblait déranger personne. Les Pâques étaient malgré tout marquées par une foi profonde et un sentiment de pure religiosité que la Terre ne connaissait plus depuis plusieurs générations. C'était un point de discorde parmi les Terriens : les Pâques relevaient-elles de la religion, ou les Cian de la ville ne voyaient-ils en eux qu'un ensemble de traditions charmantes et pittoresques ?

Farber le croyait fermement : l'opinion sur ce sujet dépendait entièrement de la place que l'on occupait pendant la Pâque. Ici, à Ocean House, entouré de Cian qui se détendaient et assistaient au spectacle derrière les immenses baies vitrées, bavardaient avec leurs amis, déambulaient sous le portique ou se régalaient d'essences et de petits poissons enrobés dans de la pâte, aussi à l'aise et sophistiqués que n'importe quels citadins, on aurait pu certainement opter pour la tradition. Mais sur la plage, noyé dans la masse infatigable des dévots qui dansaient, se balançaient et gémissaient, on aurait pu aboutir à une conclusion toute différente. Malgré cela, les Cian ne formaient pas deux groupes distincts : ils se mêlaient sans discrimination aucune. Souvent, les chefs de cuisine et les concessionnaires d'Ocean House/River House descendaient participer à la Pâque une fois leur temps de travail terminé, et certains des participants les plus sincères remontaient vers la grande bâtisse pour s'y restaurer. C'était une dichotomie qu'aucun Terrien ne comprenait, mais Farber avait la vague impression que ce n'était là que la partie émergée de l'iceberg.

Auprès d'un concessionnaire, il s'acheta une *fuge* — sorte de préparation à base de gélatine à mi-chemin entre le pudding au chocolat et la méduse crue — et déambula sans but dans les couloirs d'Ocean House. Sa terreur avait pratiquement disparu, le laissant triste et contemplatif. Il monta au premier étage d'où l'on voyait mieux la plage. Ici, l'éclairage était assez diffus et Farber avait l'impression de marcher dans un tunnel de verre sous-marin. Il s'approcha de la baie vitrée. L'*Alàntene* resplendissait en contrebas : de minuscules silhouettes ondulaient et tournoyaient comme dans une pantomime jouée par des poupées enthousiastes. Ses lumières vacillantes projetaient d'étranges reflets sur le plafond voûté d'Ocean House et des ombres bossues qui caracolaient sur le sol de pierre. Au bout d'un moment, Farber se rendit compte qu'il y avait quelqu'un avec lui qui admirait le feu et la nuit. L'autre était là depuis longtemps, dissimulé dans la pénombre d'un pilier, silencieux, avec sa présence qui s'imposait peu à peu à l'esprit de Farber jusqu'à ce qu'il dût tourner la tête pour regarder, sans bien même savoir pourquoi. Il lança un coup d'œil. C'était une femme. Elle sentit son regard et se détourna de la fenêtre. L'*Alàntene* inondait une moitié de son visage d'une lumière de feu pour laisser l'autre dans l'ombre. Un œil brillait comme de l'argent clair, l'autre comme une braise pâle dans la nuit. Elle le regardait.

« Bonjour, dit-elle. Je ne pas bien parler ceci. » Sa voix était douce. Son anglais — une langue que ce groupe de Terriens avait eu l'audace de présenter aux Cian comme *la* langue de la Terre — était hésitant et fortement accentué.

« *Në*, cela n'a pas d'importance », répondit Farber dans la langue de cette femme. Il l'avait en effet apprise grâce à des techniques subcérébrales. Elle lui paraissait bien évasive, avec sa grammaire et sa syntaxe simplistes responsables de significations totalement différentes qu'il ne comprenait jamais vraiment. Il se demanda s'il avait impressionné cette femme par son cosmopolitisme. Comme elle ne parlait plus, il dit aussi bonjour, un peu tardivement, afin de briser le silence insondable. Il se sentait inepte.

Elle acquiesça d'un air assez solennel. Puis elle lui adressa un sourire aussi vif que surprenant. « Est-ce que vous appréciez la Pâque ? demanda-t-elle en faisant un signe de tête en direction de la plage.

— Oui, beaucoup », répondit-il. Puis la franchise le poussa à ajouter : « Même si je ne comprends pas tout.

— Ah, dit-elle en regardant un peu de son côté, il y a dans les Pâques beaucoup de choses qui ne sont pas faciles à comprendre, même pour nous peut-être, *në* ? Nous devons malgré tout nous débrouiller, faire de notre mieux. » Le ton de sa voix était à la fois railleur et mélancolique — elle se moquait de lui, c'était certain, mais en même temps il sentait qu'elle recherchait désespérément sa compagnie. Elle paraissait seule, et pourtant incroyablement lointaine. Elle parlait avec économie, presque avec brusquerie, même si ses manières étaient simples et détendues. Son sourire était intense et abrupt, aussi vif qu'un coup de ciseau, mais malgré tout rêveur. Ses yeux ne cessaient de se poser sur lui. Il pouvait voir leur éclat liquide à chacun de leurs mouvements. Elle le fascinait — au sens ancien du mot *fascinare*, ensorceler — et le paralysait comme un oiseau qu'on charme. Farouche et triste, elle le regardait de côté à travers le jeu complexe de l'ombre et de la lumière que leur imposait une chose bien plus ancienne que leurs deux civilisations.

Son nom, il l'apprit alors, était Liraun Jé Genawen. Elle était plus grande que la moyenne des Cian, de sorte que le sommet de son crâne arrivait à la hauteur de son sternum. Elle s'appuyait au rebord de la fenêtre et sa longue jambe était repliée sous elle. Elle paraissait encore plus mince que la majorité des représentants de cette race agile — même dans les infimes mouvements de son cou et de sa tête alors qu'elle était totalement immobile, on retrouvait l'assurance et le contrôle absolu des muscles qui caractérisaient les danseurs de la plage. Son visage était anguleux, taillé à coups de serpe, son nez droit et épais, ses lèvres longues et pleines et ses cils pareils à des traits de pinceau noir. Ses yeux étaient énormes, vifs et pénétrants comme ceux d'une chouette ou d'un faucon. Sa peau avait quelque chose de la richesse de l'ébène, affadie toutefois et tirant davantage sur le brun. Ses longs cheveux noirs, épais et soyeux, retombaient lourdement sur ses épaules. Vêtue de noir et d'argent, elle portait un collier serré d'ambre et d'obsidienne. En la regardant, Farber comprit pour la première fois — bien qu'il le sût intellectuellement depuis longtemps — que *Cian* se traduisait par « le Peuple ».

Ils parlèrent quelque temps. Elle tenta de lui expliquer la cérémonie. « On l'appelle aussi l'Ouverture-des-Portes-de-Dûn, dit-elle. Dûn, c'est l'autre monde, l'Au-delà, et c'est ici qu'il se trouve, très en dessous de la mer Aînée. Les ossements des ancêtres y reposent, nus, sur le plancher de l'océan, le Lieu de l'Affliction — mais ce n'est pas seulement le fond de la mer, *në* ? C'est un monde à part entière, c'est là que se rendent parfois les morts, mais c'est aussi plus que cela — il y a aussi les démons, et les Êtres de Pouvoir, et les *opein*, et tous vivent à Dûn. » Elle haussa les épaules et lui adressa un sourire un peu sombre. « L'*Alàntene* marque la fin du Monde de l'Été, de la chaleur, de la croissance des choses et du règne du Peuple torride qui gouverne en cette saison. C'est la fin de l'année — après l'*Alàntene* viennent l'Hiver, la neige, le givre, le blanchiment de la vie, le règne du Peuple glacial qui marque le début d'une nouvelle année. Les Portes de Dûn s'ouvrent sous la mer Aînée. Alors, les spectres de ceux qui sont morts au cours de l'année et doivent entrer dans Dûn se dressent pour y pénétrer, car les Portes sont ouvertes et l'Au-delà vient effleurer cette terre. De même, les démons et les *opein* qui souhaitent visiter le monde des hommes peuvent le faire. Le Peuple glacial franchit les Portes, et la Terre fertile meurt et se change en cendres glacées, car la Maison de Dûn exerce son influence pendant toute cette saison. C'est cela, l'*Alàntene*.

— Ce… ce n'est pas vraiment ce à quoi je m'attendais, dit Farber, un peu consterné. En fait, c'est assez effrayant. Pourquoi… » Il allait dire *diable* mais comprit que cela pouvait faire allusion aux êtres qui peuplaient Dûn. « … organisez-vous une fête pour une telle chose ? Une cérémonie, je comprendrais, mais une *célébration* ? »

À nouveau elle haussa les épaules. « Malgré le froid et

la mort qui s'en viennent, au moins la vieille annéc est-elle finie, et elle emporte avec elle tous ses problèmes et ses soucis. Une vieille année qui s'en va, une nouvelle année qui naît — si maligne soit-elle. C'est peut-être une chose à célébrer, *në ?* » Elle regarda Farber avec intensité. « Et le temps n'existe pas durant l'*Alàntene*. C'est la pause entre la fin d'un rythme et le début d'un nouveau, le centre parfaitement immobile, le lieu de calme où les syncopes du Monde s'en vont et s'en viennent. Non créé et éternel. Voilà ce que l'on nous apprend. *Në*, cela ne vous plaît pas ? Cela veut dire que nous deux avons toujours été ici, ensemble, à parler de l'*Alàntene*, et que nous y serons toujours. Peu importe où nous nous trouvions lors de l'*Alàntene* des années précédentes — nous y sommes aussi, pour toujours, bien entendu, mais nous sommes aussi *ici*, à tout jamais. Oui ! Vous ne trouvez pas cela agréable ? » Et elle éclata de rire, le visage sombre et les yeux insondables.

Farber ne parvenait pas à savoir en quoi elle croyait vraiment. Chaque fois qu'il pensait avoir saisi son humeur, celle-ci changeait du tout au tout — ou du moins lui semblait-il — et les mots qu'elle prononçait ou avait prononcés se prêtaient à une interprétation radicalement différente. Il était également impossible qu'elle lui donnât une explication autre que superficielle quand elle parlait de la Pâque, et même ainsi elle ne disait pas tout. À plusieurs reprises, elle l'entraîna dans des arcanes d'allégorie, de langage et de symbolisme qu'il ne pouvait suivre : elle haussait alors les épaules en souriant et lui disait qu'il n'en savait pas assez pour comprendre. Ils demeurèrent un instant silencieux, puis elle dit, en s'adressant à son reflet dans la fenêtre : « Les *opein* viennent dans le monde au moment de l'*Alàntene*. Ce sont des esprits qui possèdent les hommes et les poussent à commettre de mauvaises actions. Ils peuvent aussi prendre une forme humaine et errer dans le Monde dans leurs habits de chair, ou ce qui ressemble à de la chair. Vous pourriez être un *opein* », dit-elle après un long silence. Puis elle laissa fuser un rire argenté : « Moi aussi, je pourrais en être un ! »

À nouveau le silence. Elle observa son image dans la baie vitrée et ne le regarda plus. Il voyait son ventre se soulever doucement au rythme de sa respiration, son pouls au creux de sa gorge, la façon dont ses cheveux collaient légèrement à sa tempe, sa joue, son cou. Il faisait chaud ici, peut-être, mais pas à ce point-là. Elle se détourna un peu plus de lui comme pour regarder quelque chose sur la plage. Elle penchait la tête et ses vertèbres tendaient l'étoffe de son costume, et il pouvait voir ses omoplates frémir sous sa peau. Elle ne se retourna pas et ne parla pas. Il s'était beaucoup rapproché d'elle, sans vraiment le vouloir — presque au point de la toucher. Son sang parlait pour lui depuis quelque temps, plus clairement que les paroles de la jeune femme, et c'était à présent la seule chose qu'il pût entendre. Il était pleinement conscient de sa chaleur et de son odeur. Il leva la main et tendit lentement les doigts — quelque part en lui, une voix criait, horrifiée : *Tu ne sais même pas si elle a un mari ou un amant, ni quels sont leurs châtiments en matière de croisement entre races, la prison, la mort, la castration* — avant de les refermer sur son épaule, de sentir les muscles plats de son dos sous sa paume, de frôler son cou, de s'insinuer dans le creux de sa clavicule. Elle se raidit — et il se dit *Et voilà !* avec un froid désespoir —, puis elle se détendit lentement, muscle après muscle, et appuya son dos long et chaud contre la poitrine de Farber. Sa tête heurta doucement sa joue et elle murmura « Ahhh… » — un soupir, un écho lointain des dévots de la plage. Ils demeurèrent ainsi pendant quelques instants et s'écoutèrent mutuellement respirer, puis il dit d'une voix rauque : « Tu veux venir chez moi ? » Et elle répondit : « Oui. »

2

Toute cette histoire se déroula une vingtaine d'années après l'Expansion. Un équipage d'Enye d'Argent avait alors ouvert la Terre au commerce en la « persuadant » de rejoindre l'Alliance commerciale avec autant de cynisme et aussi peu de considération pour l'impact inévitable sur la culture indigène que Perry n'en avait montré en ouvrant le Japon.

En réalité, l'impact sur la Terre fut immense : la technologie n'avait pas encore libéré l'homme du système solaire quand les Enye arrivèrent, les villes étaient meurtries et à demi détruites par une série de guerres « tactiques » qui auraient pu être définitives, la biosphère était encombrée et étouffée par la pollution et les ressources naturelles au bord de l'épuisement.

Farber n'était encore qu'un enfant lors de la venue des Enye, mais il était assez âgé pour se rappeler la tension nerveuse, la peur, les groupes de gens rassemblés dans les rues de son petit village allemand pour passer la moitié de la nuit à scruter le ciel avec appréhension ; il se souvenait surtout des voix effrayées de ses parents qui parvenaient jusque dans sa chambre alors que, de son lit, il regardait la lumière duveteuse de la lune sur le bois craquelé de sa fenêtre et pensait aux mondes qui existent par-delà le ciel, aux gouffres de ténèbres dans lesquels on sombre à tout jamais… Pendant un jour, une nuit et encore un jour, sept vaisseaux ovoïdes mesurant chacun plus de quinze cents mètres de long — véritable défi à la science des armes terrestre et à notre compréhension des lois naturelles — étaient restés en arrêt au-dessus de Stockholm, Rio de Janeiro, Chicago, Addis-Abeba, Tokyo, Melbourne et Oulan-Bator, puis les Enye en étaient sortis avec leur offre d'association, avec le don des étoiles.

Au cours des mois suivants, les conflits armés et les guérillas connurent une accalmie et finirent par cesser sur toute la terre, les gouvernements furent renversés, les nations disparurent en tant qu'entités politiques viables. Quand les tirs prirent fin, les survivants se regroupèrent et l'on s'empressa de créer la Coopérative terrienne dont les membres furent chargés de récupérer une partie de la manne céleste pour le compte d'une Terre appauvrie. Des Terriens partirent donc vers les étoiles, les premiers en tant que passagers payants sur des vaisseaux extraterrestres, puis au sein d'équipages humains dans des engins achetés à des prix vertigineux aux autres mondes. Des missions commerciales terriennes s'établirent progressivement sur certains de ces mondes ; entre-temps, la mission des Enye — puis celle des Jejun — sur Terre veillait à récolter babioles terriennes « originales » et exemples d'art indigène primitif.

C'est dans cette atmosphère de totale confusion et de bouleversements que Farber grandit, participant, lui aussi, à l'esprit rapace de l'époque. Pour beaucoup, l'arrivée des Enye avait représenté un miracle, une intervention divine, une grâce de la onzième heure pour une civilisation épuisée sur le point de sombrer dans la spirale irréversible de la barbarie et de la dégénérescence. La réponse commune à un tel répit fut un formidable sentiment de soulagement et une conscience de la destinée aussi soudaine qu'étourdissante. Brusquement, alors que l'horizon était des plus sombres, l'espace s'ouvrait aux hommes : le ciel gris et pollué de la Terre ne faisait plus office de frontière maintenant que la cavalerie extraterrestre était arrivée pour sauver notre race à la toute dernière extrémité. Que l'intervention des Enye eût été nécessaire pour nous arracher au trou que nous avions nous-mêmes creusé suscitait en nous une certaine honte — leur attitude condescendante et méprisante était difficilement compatible avec l'amour-propre terrien —, mais elle nous incitait à travailler plus dur et plus âprement pour l'effacer. D'un seul coup, la notion de « destinée manifeste » voulait à nouveau dire quelque chose : on y croyait une fois encore, avec un optimisme naïf et quasi religieux qui n'avait pas constitué une force politique sérieuse depuis cette époque troublée et affligeante qu'avait été le milieu du XXe siècle. Avec cette nouvelle mainmise des requins de la finance, les puissances du tiers-monde — qui avaient le plus souffert sous le joug colonial — se montrèrent les plus désireuses de se tailler une part de lion dans l'empire des étoiles.

Dieu était vivant, après la longue traversée du désert de l'athéisme, et Dieu aidait ceux qui s'aidaient eux-mêmes.

Comme la plupart de ses compatriotes, particulièrement ceux qui, adolescents, avaient eu d'excellentes notes aux tests d'aptitude et avaient été incorporés dans la Coop, Farber était devenu un homme d'une agressive outrecuidance. Quand il fut prêt à partir pour l'espace, les doux rêves impérialistes de la Terre s'étaient déjà quelque peu assombris, mais nul pessimisme n'atteignait Farber. Peut-être même était-il encore plus impétueux et plus arrogant que la majorité de ses camarades — ou peut-être était-il plus jeune, tout simplement. Quoi qu'il en soit, il était outrecuidant, ambitieux *et naïf*, ce qui, dans n'importe quelle culture de n'importe quelle époque, a toujours constitué une combinaison instable.

Avant de se présenter au Centre de Départ, Farber passa sa dernière nuit à boire dans une petite *gasthaus* rurale de Zirndorf : l'air était chargé de l'odeur de la bière renversée et des saucisses que l'on faisait frire. Là, il écouta les blagues idiotes et les chansons paillardes de ses camarades tout en observant le vieux chien du propriétaire, un berger allemand à moitié aveugle qui balayait les lames du plancher de sa queue en rêvant peut-être à sa lointaine jeunesse. À minuit, insensible aux bruits de la vaisselle que l'on casse et au laisser-aller teutonique, Farber se leva et enjamba soigneusement deux camarades de classe en train de se battre par terre à côté du baby-foot pendant que la maîtresse des lieux les frappait à coups de serpillière et que le vieux chien grondait. Il sortit dans la nuit.

Les étoiles étalaient leurs armées blanches et froides et, à leur contact, Farber se sentit pratiquement trop grand pour la nuit, pour les pierres du chemin qu'il foulait. Il se sentait immense et neuf, empli de vie comme une outre prête à éclater, chargé d'énergies aveugles qui le faisaient rougeoyer dans le silence glacial de la campagne. D'un pas hésitant, il traversa des rues endormies et des places silencieuses, foula le chaume des champs voisins (la terre sous ses pieds, à présent, ainsi que des sillons verglacés) et finit près du lit de la rivière. Tout était calme et sombre, ici, les lumières de la ville étaient bien loin et seuls les yeux rouges et clignotants de l'usine hydroélectrique en aval venaient lui rappeler la civilisation. Puis le sol descendit en pente douce et il perdit de vue jusqu'aux lumières de l'usine qui disparurent dans la nuit. C'est alors qu'il entendit la rivière, le doux murmure de l'eau, et il fut entouré jusqu'à hauteur de poitrine par des roseaux et des bouquets de blé sauvage qui s'inclinaient et se redressaient sur son passage. Sous ses pieds, une boue noire et épaisse faisait des bruits de succion et il pouvait sentir le purin, la terre détrempée et l'humidité. Il avait atteint le cœur des choses, calme, sombre et moite — et il était le seul en ce lieu. Le seul, en cet instant et à tout jamais, sur la Terre et sous le ciel…

De l'herbe, un spectre jaillit : une ombre grise écarta les bras à la lueur des étoiles et disparut. À peine dégrisé, Farber tituba de surprise. Un autre missile fantomatique, une forme entrevue qui s'arrache au sol, comme projetée par un canon ; cette fois-ci, il entendit le battement des ailes dans l'air humide de la rivière. *Des faisans*, songea-t-il dans un accès d'étonnement et d'amusement qu'il avait encore trop peur pour accepter, *des faisans*, qui dormaient dans les roseaux et que sa démarche tâtonnante avait fait fuir. Il fit encore quelques pas maladroits et les broussailles craquèrent sous ses pieds. Un autre groupe de faisans, quatre ou cinq cette fois-ci, s'arracha du sol, à moins d'une seconde les uns des autres, comme des fusées qui décollent, des vaisseaux qui s'élancent vers leur destinée. Il releva la tête afin de suivre les oiseaux qui s'évanouirent presque instantanément : il se fit alors attraper et transpercer par les millions d'yeux glacés des étoiles. Alors qu'il les contemplait dans le silence bruissant, il fut parcouru par une telle bouffée d'envie et de terreur latente qu'il les vit tourner sur elles-mêmes comme un soleil de feu d'artifice, projeter leur lumière comme des épieux, puis il dansa de fureur, de désir et d'épuisement dans la boue noire et collante.

Ce fut ensuite la moiteur malodorante de l'obscurité, l'alcool dont les effets commençaient à s'atténuer, les vêtements humides, la traversée d'un brouillard gris et transparent et le retour vers une ville encore endormie, dans une nuit qui ne lui appartenait plus vraiment.

Enfin, trop brutalement, avant même que son ivresse fût entièrement dissipée, il se retrouva seul avec les aliens, enfermé dans une boîte d'acier vibrant de toutes parts, à regarder la terre frémir puis disparaître dans l'hyperespace, dans des ténèbres écumeuses criblées de taches pastel qui ressemblaient surtout à l'intérieur de son propre esprit.

Malgré cela, la plupart des Terriens emportèrent une bonne dose d'arrogance avec eux dans l'espace. Comme ils voyageaient d'un monde à l'autre, toujours plus loin de la Terre, cette arrogance se dissipa lentement : chaque fois qu'ils arrivaient sur une nouvelle planète, ils en perdaient un petit morceau comme une intense charge électrique qui se transmet à la terre, et avec elle disparaissaient — insidieusement et bien malgré eux ! — les rêves expansionnistes de l'Empire, les plus modestes espoirs de domination financière, ainsi que cela s'était passé pour toutes les races pratiquant la course aux étoiles. L'espace était trop *grand.* Tout était trop complexe et trop étrange, les distances étaient trop vastes, les temps de voyage trop longs, les communications entrecoupées dans le meilleur des cas. Même l'Alliance commerciale était une organisation des plus vagues : certains de ses membres n'avaient pas eu de contact depuis des centaines d'années. Établir sa domination ou préserver une certaine continuité dans l'infini effrayant de la nuit ne semblait possible que du point de vue étriqué de celui qui se trouve au fond d'un puits gravitationnel. L'immensité englobait toute chose : pour toute créature matérielle, c'était simplement trop.

Quand le vaisseau des Enye se matérialisa peu avant son arrivée sur Weinunach, Farber n'avait plus rien du jeune homme ambitieux et arrogant qui avait quitté la Terre un an plus tôt. Les Enye ressemblaient à de gros rochers gris verdâtre dotés d'yeux humides comme des huîtres et bordés de cils vibrants couleur chartreuse. C'étaient des créatures revêches qui aimaient s'enduire de salive lors des manifestations sociales (différents types de salive et par conséquent différentes odeurs en fonction des occasions) et qui «parlaient» (aux Terriens) en modulant l'air par l'intermédiaire d'un sphincter et en émettant une série de rots ou de flatulences contrôlées. Ils traitaient les Terriens avec un mépris à peine contenu — et parfois même franchement affiché — et refusaient de traiter avec eux à quelque niveau personnel que ce fût ; ils se sentaient humiliés comme un Terrien pourrait l'être s'il lui fallait ouvrir des négociations diplomatiques avec son chien, surtout si la bête en question avait des puces, une haleine fétide et s'était récemment roulée dans des excréments. La plupart du temps, ils ignoraient Farber, et quand ils daignaient avoir une relation avec lui — cils recourbés en signe de dégoût —, c'était bien souvent pire : celui-ci ne comprenait ni leurs jeux ni leurs passe-temps (les règles changeaient d'une minute à l'autre selon un code qu'il ne saisissait pas mais aurait dû appréhender de manière instinctive), leur conversation ordinaire était affolante, leur «humour» insondable et les objets les plus ordinaires chargés à bord le déconcertaient : il était vexé et frustré parce que les Enye n'admettaient pas que son intelligence fût égale à la leur et qu'il ne pouvait les y obliger. Quand ils se posaient sur une planète de leur circuit commercial, les autres types d'aliens qu'ils rencontraient — la plupart n'avaient jamais vu de Terriens avant lui — avaient tendance à le traiter comme un animal domestique des Enye, une partie de leurs bagages ou à l'ignorer froidement, montrant ainsi qu'il n'était même pas assez intéressant pour qu'on pût se montrer grossier à son égard.

Farber avait subi cela pendant plus d'un an, dans un vaisseau gigantesque qui se révéla bien trop petit avant même la fin des deux premiers mois.

D'autres auteurs ont spéculé à propos de l'état d'esprit qui était celui de Farber au soir de l'*Alàntene*, et ils l'ont analysé en fonction des préjugés et des passions de leur propre époque. C'est ainsi que *Le Barbare* de Nemerov le dépeint plein de morgue et d'énergie chauvines, alors que le livre d'Innaurato, *Quand des voix humaines nous éveilleront*, fait de lui la victime innocente des sinistres machinations des aliens — il faut dire qu'il fut écrit plusieurs dizaines d'années plus tard, après que l'intelligentsia eut cessé de battre sa coulpe à propos de notre insensibilité culturelle et que la réaction se fut installée. L'ouvrage le plus bizarre est certainement celui de Darcy, *Labyrinthes comiques*, où l'on voit Farber transformé en un Sage absurde qui manipule sans rime ni raison la vie des individus, alors qu'en réalité le sinistre culte du négativisme ne commença à se répandre hors du sordide taudis de Detroit où il avait vu le jour qu'une quinzaine d'années après que Farber eut quitté la Terre.

En vérité, l'état d'esprit de Farber reflétait l'expérience raciale de son époque. Des milliers de jeunes Terriens vécurent des chocs culturels similaires sur une dizaine d'autres planètes, même si les conséquences furent rarement aussi dramatiques ou aussi radicales (on pense à la très controversée Société pour une vie alternative, fondée par Eileen Ross et Tamarane, qui eut — et a toujours — un impact suffisant sur la culture des Cian pour pratiquement mettre un terme à la mission terrienne).

Loin d'être le fanfaron égotiste décrit par Nemerov et Gershenfeld, Farber était un homme triste, perplexe et angoissé quand il se prépara à débarquer sur Weinunach. Une année de contact avec les Enye — et, pis encore, avec des créatures si différentes qu'elles étaient à peine capables d'avoir des contacts avec les Terriens à quelque niveau que ce soit — l'avait privé de sa belle assurance, mais ne lui avait donné ni sagesse ni connaissances susceptibles de la remplacer. Il avait perdu pratiquement toute fierté et était incapable, comme le faisaient nombre de ses compagnons, de se réfugier derrière une muraille de snobisme et de dédain. Jadis si droite et si évidente, la trajectoire de son existence se perdait maintenant dans les marais de la confusion. Sa carrière lui paraissait insipide, sans importance ni signification, alors qu'elle avait été au cœur même de sa vie.

Il ne prit même pas la peine de regarder quand le vaisseau se posa sur Weinunach.

Quand ils arrivèrent sur l'astroport, dans les petites collines situées à l'ouest de la Ville nouvelle d'Aei, il prit la ligne directe qui l'emmena à l'Enclave terrienne et ne sortit pratiquement plus jusqu'au soir de l'*Alàntene* — que ce fût de l'Enclave ou des profondeurs stagnantes de son âme.

Cependant, ce soir, pour l'*Alàntene*, il s'était arraché à lui-même et, pour la première fois depuis son départ de la terre, il s'était à nouveau senti jeune, expansif, vivant.

Liraun l'avait fait sortir de lui-même, Liraun et l'intensité veloutée de la nuit — le mettant dans un état qui allait bien au-delà des effets conjugués du sexe et de l'étrangeté.

Ils avaient parcouru des rues vides et s'étaient rendus à l'Enclave, dans l'appartement de Farber, sans échanger un seul mot, main dans la main, à la dérobée, comme des enfants qui regagnent leur chambre après quelque escapade illicite. L'amour avec Liraun était agréable, c'est vrai, mais pas mieux que ce qu'il avait pu connaître avec d'autres femmes. Leurs étreintes ce soir-là ne furent pas un embrasement de plaisir transcendantal ; comme pour tout autre couple, il leur fallait du temps pour s'habituer l'un à l'autre, et leurs premières tentatives ne furent pas dépourvues d'une certaine gaucherie. Ce fut une union banale, pleine de découvertes mutuelles, de déceptions et d'allégresse — pas très différente en fait de sa première fois avec Kathy, quelques jours auparavant, sur un plan purement sexuel. Différente, Liraun l'était toutefois, et la nuit était imprégnée de son étrangeté de même que l'air de la chambre de Farber l'était des senteurs érotiques du corps de Liraun. Elle parla peu. Parfois, elle riait ou sanglotait de manière imprévisible et pour des raisons que Farber ne comprenait pas. Elle était joueuse et, en même temps, extrêmement sérieuse, presque mécontente ; Farber ne savait trop à laquelle de ses humeurs il devait réagir et ne comprenait pas son désir apparent de les mêler l'une à l'autre. Physiquement, elle était bizarre, mais pas assez pour être répugnante : c'était même plutôt le contraire. Elle n'avait pas de seins, ou plutôt ce n'étaient que des ébauches, comme ceux de Farber (chez les Cian, c'étaient les hommes qui nourrissaient les jeunes, pas les femmes). Ses tétons étaient également rudimentaires : trois paires, réparties le long de la cage thoracique, difficiles à distinguer si ce n'était par leurs larges aréoles sombres. La majeure partie de son corps était recouverte d'un fin duvet qui, plusieurs millénaires auparavant, avait dû être de la fourrure. Les poils de son pubis étaient anormalement épais : ils descendaient sur ses cuisses et remontaient sur son ventre. Ses canines n'étaient pas beaucoup plus longues que celles d'un être humain et elle prenait grand soin de ne pas le mordre trop fort, au grand soulagement de Farber — mais aussi à son regret —, lui qui s'attendait un peu à se faire complètement lacérer. Du point de vue sexuel, elle n'était pas aussi experte que Kathy, bien qu'elle ne fût pas dépourvue d'une certaine sophistication, mais il y avait dans ses réactions une sorte de désespoir maîtrisé qui surprenait Farber tout en le réjouissant. Au moment de l'orgasme, après le long et patient travail de leur seconde tentative, elle le serra avec une force quasi supérieure à la sienne, lui brisant presque les côtes, et poussa un cri sourd comme si elle était terrorisée et remplie d'allégresse par une chose qu'il ne comprenait pas.

Le matin venu, Liraun se leva et s'habilla sans dire un mot. En la regardant marcher dans son appartement à la lueur froide et grisâtre de l'aube et enfiler ses vêtements moulants, Farber éprouva une bouffée de désir incontrôlé : avide comme un collégien, il aurait été prêt à réitérer ses exploits de la nuit, bien qu'étant probablement trop épuisé physiquement pour cela. Liraun paraissait bien moins éreintée que Farber ; ses mouvements étaient toujours vifs et souples, son visage frais et reposé, et elle se mouvait comme une danseuse dans l'espace de sa chambre.

Farber était tellement séduit par la grâce et la fluidité de ses mouvements qu'il la laissa aller jusqu'à la porte avant que le sortilège ne se rompe et qu'il ne se redresse, en proie à un brusque désarroi, balbutiant : « Attends, je… Est-ce que je te reverrai ? Tu reviendras me voir ? J'aimerais que tu reviennes. » Il s'arrêta, intimidé par son silence, et ajouta d'une voix faible : « Si tu veux bien… »

Sur le pas de la porte, elle se retourna pour le regarder, le visage insondable, puis elle haussa les épaules, évasive et muette, et partit.

Quelques instants plus tard, assis dans son lit, les yeux rivés sur la porte blanche, Farber se rendit compte qu'il ne savait même pas où elle habitait ni comment il pourrait la retrouver.

3

Toute la matinée, Farber fut plongé dans la stupéfaction alors qu'il effectuait les gestes rituels consacrés à la toilette, à l'habillage et au petit déjeuner. Son esprit était partagé. Une partie baignait dans la béatitude, ce qui l'incitait à siffloter et à chantonner, mais l'autre ne s'intéressait pas à lui : elle cédait de plus en plus à l'anxiété, voire à la peur, au fur et à mesure que les heures passaient. Et si Liraun ne revenait pas ? Il était tout à fait possible qu'il ne la revît jamais.

Plus tard qu'à l'ordinaire, il affronta le vent et gagna les bureaux de la Coopérative terrienne.

Ici, dans l'Enclave, les rues portaient des noms qui rappelaient la Terre : Washington Street, Pine Street, Second Avenue, Sutton Place, Rainbow Terrace. L'architecture faisait de même et l'on voyait beaucoup de verre, de plastique et de fibres, beaucoup de saillies pleines d'arrogance, le tout le plus haut possible, et il n'y avait rien de tel sur Aei, absolument rien de tel sur tout « Lisle ». La grande muraille qui ceignait l'Enclave était également rassurante en ce qu'elle occultait tout de la ville étrangère. Farber aurait pu se croire sur Terre quand il foula l'asphalte noir de Washington Street et se dirigea vers les blocs futuristes abritant les principaux bureaux de la Coop. New York,

Francfort, Chicago, Tokyo, des dizaines de villes terrestres n'étaient en rien différentes.

Les bureaux de la Coop était animés, ainsi qu'ils l'étaient toujours en dehors des Pâques, mais Farber commençait à se demander si l'activité débordante dont il était témoin débouchait véritablement sur quelque chose. Chaque jour, les Cian apportaient des marchandises en provenance de toute la planète, mais ils le faisaient dans un esprit ludique : ils trouvaient la mission terrienne extraordinairement comique, comme la plupart des coutumes terriennes d'ailleurs, et Farber se demandait s'ils ne prenaient pas tout simplement plaisir à transporter sur des milliers de kilomètres des objets inutiles, voire infamants, dans le seul but de les soumettre aux membres harassés des équipes d'évaluation de la Coop. Chaque jour, ces bureaux regorgeaient de monde et étaient encombrés de choses et de créatures aussi malodorantes que bruyantes : instruments étranges, balles d'étoffe, échantillons de minerai, épices âcres, objets d'art, plantes de toutes sortes (fruits, pousses alimentaires, arbustes en fleurs, buissons, arbres adultes, jungles entières pourquoi pas, qui tous mêlaient leurs divers parfums, subtils ou entêtants, à l'incroyable puanteur alien que les sprays antiseptiques diffusés tous les soirs ne réussissaient même pas à faire disparaître), animaux de tout genre (d'un être sphérique et noir ayant la taille d'un petit éléphant à des prédateurs hirsutes à peine plus grands qu'une langouste qui mordillaient les employés mais, curieusement, jamais les Cian ; d'insectes d'apparence normale à des vers en passant par des « oiseaux » qui étaient en fait des « lézards » — rares étaient ceux qu'il était intéressant d'exporter comme animaux de compagnie exotiques et encore plus rares ceux qui étaient propres), caisses pleines d'ustensiles pour la maison, échantillons de drogues, de médicaments et de productions gastronomiques, et même d'étranges créatures génétiquement modifiées produites par les « tailleurs » locaux. Bien entendu, les Cian étaient là et se payaient de toute évidence du bon temps aux dépens des Terriens, sans toutefois se départir de leur air solennel et bon enfant. Et comme le dit un régisseur tourmenté, « on se croirait dans un comptoir bourré d'Indiens ».

Jacawen *sur* Abut, émissaire des Cian auprès de la Mission, étonnait toujours Farber car, seul indigène associé à l'Enclave, il n'affichait pas seulement l'air grave qu'on était en droit d'attendre de lui, en fait il était sinistre. Bien sûr, en tant que « parent d'affectation » des Terriens (pour reprendre une expression locale), il se trouvait personnellement responsable de toute atteinte à la société cian pouvant résulter de l'utilisation de marchandises commerciales terrestres ou de l'immixtion dans un système social terrien, mais Farber pressentait une âme sombre que la responsabilité administrative, si lourde fût-elle, n'expliquait pas. Jacawen était un Homme de l'Ombre, lui avaient raconté les vieux employés du poste, et même si Farber ne savait pas précisément ce que pouvait être un Homme de l'Ombre, ni ce que cela impliquait, ce terme avait une résonance si alarmante — surtout quand on évoquait l'air lugubre de l'alien — qu'il avait résolu de faire tout son possible pour éviter complètement Jacawen.

Jacawen devait principalement s'occuper de la petite partie des produits commerciaux potentiels qui avaient déjà une valeur bien établie auprès des Terriens — objets d'art principalement, substances chimiques et minéraux exotiques, outils, épices et aliments insolites, ainsi que cela se pratiquait sur la plupart des planètes récemment ouvertes au négoce — et, bien entendu, des marchandises terriennes correspondantes qui, par caprice ou pour des raisons aussi incompréhensibles qu'économiques, suscitaient l'intérêt des Cian : et cela allait de l'harmonica au roulement à bille en passant par les muffins anglais. Jacawen traitait principalement avec Raymond Keane, le directeur de la Coop au visage revêche, et avec le Dr Ferri, le petit ethnologue nerveux et inquiet ; il leur causait beaucoup de soucis en interdisant par exemple aux Terriens d'utiliser leurs gros chariots élévateurs pour véhiculer des marchandises entre l'Enclave et les entrepôts cian situés sur les rives de l'Aome. C'était absolument hors de question, et Jacawen insistait pour que lesdites marchandises fussent portées par des bataillons de Cian dégoulinants de sueur. Ils paraissaient énormément apprécier leur travail et ne cessaient de rire et de chanter comme le faisaient, en un autre temps, les « bons nègres » de la propagande sudiste ; à l'occasion, des chariots tirés par des mille-pattes les aidaient à acheminer les objets les plus lourds. Non seulement cela ralentissait les échanges mais cette méthode permettait aux bruyants manœuvres cian de franchir à toute heure les sacro-saintes limites de l'Enclave. Cela voulait dire que Jacawen, Keane et Ferri étaient la plupart du temps retenus dans l'Enclave, mais *surtout* que Farber pouvait éviter complètement ces individus qu'il n'appréciait pas beaucoup.

Maintenant que Farber avait achevé son étude sensorielle initiale de la vie routinière de l'Enclave et de la Coop (avec, entre autres choses, une séquence sur les travailleurs cian qu'il finit par incorporer dans un cliché satirique intitulé *La Vie sur la plantation* en affublant les ouvriers souriants de costumes d'esclaves tout déchirés, de vieux chapeaux de paille et de banjos), il pouvait, s'il le souhaitait, passer toute la journée à l'écart des bureaux de la Coop tout en sachant que les heures consacrées à la découverte touristique d'Aei seraient officiellement comptabilisées puisque c'était justement cela qu'il était censé faire.

Farber était un artiste et c'est ainsi qu'il se considérait, même si, comme la plupart des artistes de sa génération, il avait rarement eu l'occasion de peindre ou de travailler l'argile ou le bronze. Au lieu de cela, il travaillait avec un appareil sophistiqué connu sous le nom de couronne sensorielle : exporté par les Jejun, maîtres artisans de toute cette région du bras spiral de notre galaxie, il lui permettait de transposer directement sur papier holographique ses fantasmes personnels et ses visions intérieures. Appelés de manière assez inévitable « sensas » dans le parler populaire, les résultats pouvaient être présentés sous forme de films ou de photos agrandies (on débattait beaucoup pour savoir quelle était la méthode idéale) et remplaçaient peu à peu, dans les nations les plus civilisées de la Terre, les arts anciens de la peinture et de la photographie, désormais considérés comme dépassés et intolérablement primitifs par les Jeunes Turcs. Avec l'apparition des sensas et l'exode dans des systèmes stellaires lointains, la vieille école paysagiste s'enrichit de documentaires touristiques et recouvra une partie du prestige et de la popularité dont elle jouissait au XVIIIe siècle ; avantage supplémentaire, la visualisation des contrées extraterrestres passa par le filtre de la perception des artistes du sensas, ce qui fit aussitôt émerger critiques et amateurs capables de débattre interminablement de la précision du regard de Tunick comparée à la passion de celui de Frank.

On vit couramment des artistes du sensas accompagner les missions commerciales et les expéditions scientifiques pour en témoigner auprès des hommes restés sur notre planète. Tel était le poste de Farber au sein de la mission sur « Lisle » et, pour l'instant, il ne s'y était pas vraiment consacré. Mais cela allait changer, du moins l'espérait-il : sa nuit avec Liraun avait considérablement apaisé l'inquiétude que lui inspirait l'idée de se rendre seul dans la ville étrangère, et sa tête était pleine d'images — un peu trop, peut-être — nées de sa propre expérience de l'*Alàn-*

tene. Fort de cette noble résolution, il alla chercher son matériel artistique.

Janet LaCorte lui adressa un regard indigné quand il pénétra dans le Bureau B de l'Administration.

Farber fit la grimace — une légère brûlure d'estomac —, prit le sac à dos et la couronne sensorielle et traversa le complexe qui conduisait aux portes de l'Enclave. Il crut percevoir sur son passage quelques commentaires désapprobateurs et se demanda, un peu gêné, combien de personnes savaient qu'il avait couché avec Liraun et quelle était la réaction générale à une telle nouvelle. En même temps, une pensée en entraînant une autre, il s'en voulait de redouter ainsi la censure et de songer qu'il pourrait remettre en cause une si belle expérience à l'instant même où le jugement de ses pairs lui serait défavorable. Les deux idées se côtoyaient dans sa tête, chacune prenant successivement le dessus sur l'autre pour le laisser complètement désemparé.

À son grand mécontentement, il tomba sur Dale Brody alors qu'il longeait le bâtiment de l'Approvisionnement. Avec un raffinement voisin de l'affectation, Brody affichait un air d'épave, comme si on l'avait plongé dans une laque à prise rapide afin de le conserver, mais seulement après qu'il fut mort et en début de décomposition. Une sorte de pellicule craquelée le recouvrait, mais, en dessous, sa chair avait la couleur terreuse de la viande avariée. Il marchait lentement, avec raideur, en déplaçant à peine les jambes et les bras, et ses petits yeux rouges reflétaient sa méchanceté.

« Alors, mon gars, lui dit Brody d'une voix rauque, cette nuit chez les bougnoules ? » Sa voix puait la fausse camaraderie. Par pur réflexe, Farber hocha la tête d'un air penaud, puis il rougit jusqu'aux oreilles, en proie à un curieux mélange d'embarras et de fureur. Brody parlait toujours d'une voix paresseuse et nostalgique : « Ah, je me suis toujours demandé quel effet ça pouvait faire de se taper leurs gonzesses, mais putain, comment tu fais pour oublier l'odeur ? C'est ça qui m'a toujours bloqué, mon pote. Je vois pas comment tu peux y arriver si t'as pas le nez bouché ! » Il lui adressa un sourire jaunâtre dépourvu de tout humour et de toute chaleur.

Comme s'il se cachait dans un recoin de son esprit, Farber observait ses propres réactions avec une certaine fascination. Une partie de lui-même répondait à ces propos de salle de garde en affichant cet air de chien battu qui, même si vous êtes humilié, vous conserve votre place au sein du mécanisme social, même si vous n'y jouez que le rôle du bouc émissaire. *Et merde, Dale...* Voilà ce qu'il devrait dire d'un ton un peu geignard, un peu courroucé. *J'étais bourré. Tu sais ce que c'est, hein ? Putain, tu n'as jamais pris une super cuite ? Nom de Dieu, on n'est même plus responsable de ce qu'on fait quand on tient une telle biture...* Et Brody l'humilierait encore un peu, son rire serait plus « franc », et toujours ces manières de salle de garde qui feraient que Farber rirait avec son persécuteur pendant que Brody en rajouterait : *T'as raison, mon pote, quand on est bourré, on se tape tout ce qui vous passe à portée de la queue, les chèvres, les trous de serrure, tout ça c'est pareil*, et Farber ne cesserait d'afficher son sourire humilié, comme un animal qui expose sa gorge au chef de la meute, puis Brody lâcherait une dernière blague en guise de coup de grâce, et Farber se retrouverait seul et lécherait ses blessures en se consolant à l'idée qu'il faisait au moins toujours partie de la bande.

Farber connaissait bien ce jeu : dans sa ville natale de Trüchlingen, l'accent aurait été différent, de même que la langue et les expressions, mais les règles auraient été identiques.

Inversement, il pouvait aussi céder à la colère et à l'indignation, lancer des obscénités à Brody, peut-être même le frapper — et Brody répliquerait probablement. Mais à partir de cet instant, Farber ne serait plus qu'un paria, un intouchable.

Farber n'opta pour aucune des deux solutions. Assez lâchement, peut-être, il choisit la neutralité. « Arrête, Dale, dit-il d'un ton un peu plaintif, me cherche pas aujourd'hui, tu veux ? J'ai une putain de gueule de bois. Une *putain* de gueule de bois. » Et il oublia un instant son air maussade pour lancer une sorte de regard complice du genre *Quelle nuit ! Tu me croirais pas...*

Brody regarda Farber d'un air dubitatif et ne sut pas trop quoi répondre. Après un instant d'hésitation, il lâcha : « J'ai vu Kathy tout à l'heure, celle que tu as balancée hier soir, tu sais ? Elle ne t'apprécie plus trop. En fait, mon gars, va falloir que tu trouves quelque chose de costaud pour qu'elle veuille bien encore t'ouvrir les cuisses.

— Qu'elle aille se faire foutre », dit Farber, à peine conscient de faire écho aux propos tenus par Brody la veille au soir. « Une de perdue, dix de retrouvées, non ?

— Tout juste », dit Brody, obligé bien malgré lui d'acquiescer et de partager un vague sentiment de camaraderie dont il ne voulait pas. Il était moins sûr de lui, moins menaçant aussi. En quelques minutes, Farber réussit à mettre un terme à la confrontation et à s'en aller. Brody ne put que passer une main sur sa joue mal rasée et le regarder s'éloigner, l'air un peu dubitatif.

Pour Farber, la réaction ne se fit pas attendre. Il était déçu de sa propre attitude, confus d'avoir trouvé nécessaire de collaborer avec Brody en se laissant entraîner dans son jeu, *même si* — une partie de son ego s'entourait de murailles protectrices que l'autre partie de son âme cherchait à abattre à coups de culpabilité — le jeu qu'il avait joué avait été purement défensif.

De perfides nuages noirs s'amoncelaient dans le ciel — un peu trop en accord avec son humeur — et il jura comme un charretier sur le chemin de la Ville nouvelle d'Aei : la honte et la colère grandissaient en lui, aussi sombres et étouffantes que les nuées au-dessus de sa tête.

L'orage éclata alors qu'il se trouvait à mi-chemin du front de mer. C'était une pluie froide et pénétrante qu'il affronta sans chercher à s'abriter, heureux du désagrément qu'elle lui causait, et il s'en flagella aussi sûrement qu'avec un fléau. Quand la bourrasque fut passée et eut dérivé au-dessus de la baie pour être absorbée par la mer Aînée, la colère de Farber avait cédé la place à une écume de mélancolie qui lui avait donné la nausée, lui laissant dans la bouche un infect goût soufré. Il était trempé jusqu'aux os et il grelottait, mais il poursuivit son chemin, l'humeur toujours plus sombre. Il ne prêtait aucune attention à son environnement, ignorait s'il était seul ou s'il se frayait un chemin parmi la foule, ne savait pas d'où il venait et encore moins où il allait.

Ocean House/River House fut en vue avant qu'il ne comprenne qu'il empruntait le même itinéraire que la veille au soir. Il se moqua de sa naïveté sentimentale. Est-ce qu'il s'attendait à y retrouver Liraun ? Ce serait encore une fois l'*Alàntene*, la nuit ? Non, il n'y aurait rien de tout cela, songea-t-il avec la lugubre certitude de la défaite qui n'est pas loin de la jouissance. Il ne trouverait rien, rien.

Et ce qu'il trouva, c'est-à-dire rien, était peut-être exactement ce qu'il recherchait. La masse en forme de L d'Ocean House/River House était vide, grande boîte de verre abandonnée, zébrée par les trajectoires luisantes de la pluie. Le jour était encore gris et humide, l'air détrempé comme une éponge, la plage triste et déserte. Il l'arpenta : le sable crissait sous ses pieds, la brume formait des perles dans ses cheveux, sur sa lèvre supérieure. Aussi loin que le regard pouvait porter, il ne voyait rien de vivant ou de mobile sur tout le rivage nord de Shasine. La mer Aînée semblait plate et fatiguée, ses vagues s'enroulaient inlassablement sur la plage et n'émettaient qu'une sorte de murmure sénile dans la gorge de l'océan.

Le bâtiment était encore visible avec sa paroi vitrée qui miroitait dans la brume ; en le regardant depuis la plage, Farber se rappela l'*Alàntene*, les danseurs infatigables qui tournoyaient et piétinaient le sol à cet endroit même, l'explication de Liraun pour qui la Pâque coexistait avec chaque instant. Était-elle donc là, l'*Alàntene*, derrière la brume et la pluie et le vide ? Ils coexistaient donc — Liraun ici, quelque part, mais aussi Farber, les danseurs passionnés sur la vague, qui l'imprégnaient en cet instant précis et traversaient son corps comme ces vaisseaux fantômes qui voguent sur des mers immatérielles ? Il entendit les « oiseaux » maussades exprimer leur mécontentement bien au-dessus de la brume grisâtre, il sentit ses pieds s'enfoncer dans le sable froid, il secoua la tête : non. Il n'y avait rien pour lui en ce lieu. Et s'il y avait quelque chose, ce n'était pas pour lui. Et si c'était pour lui, celle qui aurait pu établir le contact était partie, elle n'était pas ici, elle n'y serait plus jamais. Pas pour lui en tout cas.

Abusé, affligé, agréablement morose, il quitta la plage.

Le ciel s'était éclairci quand Farber emprunta la voie du Troisième Ancêtre Mort pour gagner le quartier de l'Enfant d'Hiver. Un vent frais s'était levé à l'est et, devant lui, des nuages bleus et joufflus se poursuivaient comme des chatons dans un ciel dont l'aspect était toujours froid et humide. La Femme de Feu, c'est-à-dire le soleil, émettait une lueur blafarde à travers les barres rapides et noires des nuées. Même le désespoir flamboyant de Farber s'était mué en une sorte d'épuisement spirituel, comme de la vase qui tombe au fond d'un bassin. De temps à autre, sur la pente qui mène de l'Enfant d'Hiver à Brundane, il branchait volontairement sa couronne sensorielle et regardait autour de lui en quête d'un sujet. Il se rappelait enfin le but de cette lamentable promenade, mais, après la passion et le mystère de l'*Alàntene*, après les tourmentes physiques et émotionnelles qu'il avait endurées, le jour lui paraissait bien irréel : plat, dépourvu de toute substance, terne. Les couleurs semblaient moins vives, les paysages d'Aei moins inspirants, l'air vicié.

Recroquevillé dans sa sombre humeur comme une pie dans le manteau de ses plumes, trempé, abattu, Farber pénétra dans l'Enclave alors que la journée s'achevait. Il franchit les portes et dépassa les bureaux pour arriver au ruban de pierre qui constituait les fondations de son immeuble, et elle était là, petite femme patiente et seule parmi les ombres, parfaitement immobile.

« Liraun », dit-il avec une sorte d'étonnement stupide. Il sentait le bonheur mais aussi autre chose — la peur, peut-être ? — le saisir à la gorge.

Elle ne répondit rien. Ses yeux brillaient comme des perles dans la nuit et elle le regardait calmement.

« Je ne savais pas si je te reverrais, dit-il enfin, embarrassé.

— Moi non plus. » Elle était calme, énigmatique, et ne souriait pas. « Le Peuple Qui Vit Sous la Mer décide de ces choses, ces petites choses, les naissances, les morts, la joie… » Elle sourit enfin. « Ils tissent notre existence comme de l'étoffe, et qui sommes-nous pour comprendre ce qu'ils veulent faire ? »

Elle vint vers lui, dans la lumière qui se mourait, et ils se touchèrent, se heurtèrent, tournèrent doucement sur eux-mêmes comme des feuilles qui tombent.

4

Ils se virent régulièrement au cours des jours suivants. Même au bout d'une semaine ou deux, alors qu'ils étaient amants, il ne savait toujours pratiquement rien d'elle. Elle ne refusait jamais de parler de son peuple ou de sa société, même si elle le faisait de la manière la plus générale et la plus théorique qui soit, parfois de philosophie, dans une moindre mesure, mais sans jamais donner de détails. Quant à elle, absolument rien. Il ignorait ce qu'elle faisait pendant la journée, où elle allait quand elle le quittait et pourquoi. Il ne savait toujours pas où elle habitait : elle ne l'y avait jamais emmené et n'en avait même jamais parlé — son attitude le décourageait de l'interroger à ce sujet. Elle partait toujours au lever du jour, comme la princesse mystérieuse d'un conte de fées d'antan.

Mais elle lui revenait toujours. Parfois elle arrivait en pleine nuit, en silence, tapie dans l'ombre de sa porte comme un spectre que le vent peut chasser, comme une incarnation immatérielle de la nuit elle-même, jusqu'à ce qu'il l'attirât à l'intérieur où la lumière lui redonnait à la fois vie, chaleur et substance. Ils pouvaient se retrouver aussi en fin d'après-midi, et ils déambulaient alors dans Aei au cours du long crépuscule, tandis que la Femme de Feu s'enfonçait douloureusement derrière les collines à l'image d'une vieille femme ratatinée dans une vasque d'eau brunâtre.

Par un accord tacite, ils limitaient leurs déambulations à la Ville nouvelle et se tenaient à l'écart de l'aiguille de pierre de la Vieille Ville d'Aei dont la masse imposante et la longue ombre froide étaient pourtant inévitables. Ils pouvaient aller n'importe où dans la Ville nouvelle : la Vieille Ville dominait toujours l'un des horizons. Parfois, Farber se dirigeait vers la Vieille Ville, poussé par son intérêt touristique, mais Liraun lui communiquait toujours — et sans dire un seul mot — son refus d'en approcher, et ils changeaient de direction.

Un jour, Farber emporta son matériel et ils flânèrent parmi les places de céramique et les larges avenues de la Ville nouvelle, dans la rue de l'Homme-Laid et dans le réseau de ruelles du quartier dit de la Baie de la Tête-de-Poisson. Les ruelles étaient étroites et encombrées d'une foule joyeuse et leurs murs couverts d'une sorte de vigne noire et luxuriante, resplendissants de fleurs rouges, orange et argentées. Les façades étaient criblées de balcons, de saillies et de fenêtres où des Cian se penchaient parfois hardiment pour interpeller leurs voisins, bavarder ou chanter. Marcher dans ces ruelles, entre ces murs, c'était un peu comme marcher au pied de ces habitations troglodytes de l'Arizona, pleines de spectres d'Indiens tumultueux aux habits chatoyants, ou traverser une volière pleine d'étourneaux, de pies et de coq bavards. De petits groupes d'enfants se bousculaient et c'étaient bien les seuls êtres vivants en vue qui paraissaient pressés. De temps à autre les ruelles enlacées débouchaient sur de petites places ocre surplombées d'arbustes vert-jaune ou de *wellà* d'or rouge ; ici, quelqu'un alimentait un brasero pareil à la gueule ouverte d'un poisson où il faisait cuire des coquillages et des sortes de petits crabes, là un autre tenait une échoppe où il vendait du nectar, du vin bleu et des essences, et le long crépuscule était empli du fumet de la viande qui frit, du bois qui fume et des étranges épices, ainsi que du tintement cristallin d'un *tikan* dont l'on jouait dans un jardin suspendu ou un patio discret.

Ils marchèrent quelque temps au bord de l'Aome pour regarder les bateaux, les docks animés, l'eau argentée et tourbillonnante qui paraissait, pour Farber au moins, receler des visages, des voix et des royaumes d'écume phosphorescents. Ils s'arrêtèrent à un étal pour acheter des lanières odorantes de viande marinée, puis à un autre pour goûter des calottes : il s'agissait de gros fruits argent, cuits dans la cendre — l'enveloppe, chaude au toucher, ressemblait à du cuir, mais, une fois ouverte, la chair était fraîche et ferme et présentait une couleur marbrée, nacre et turquoise, ainsi qu'un parfum rappelant curieusement le cantaloup, l'igname et le fruit de la passion. Après avoir dîné, ils revinrent par Ethran, Vandermont et Lothlethren, et longèrent la mosaïque murale rouge et or qui ondule sur plus de cent cinquante mètres de long dans la rue du Serpent.

Dans la voie de la Femme-de-Glace, non loin du sommet de la colline de la Tour froide, Farber s'arrêta pour déballer une fois encore son équipement artistique. Un pont de pierre noire enjambait une grande crevasse et, au nord, la Vieille Ville se dressait telle une tenture de gel au-dessus des toits pastel et pointus de Brundane. Une mince traînée d'eau tombait de la Vieille Ville et se tordait au vent comme un panache blanc. Liraun regarda Farber ouvrir son sac, sortir la couronne sensorielle, la poser sur sa tête, la relier au matériel demeuré dans le sac, régler des cadrans et abaisser des manettes : elle le regarda en silence, ainsi qu'elle l'avait déjà fait quand il s'était pareillement équipé auprès des docks fluviaux, sur les places ocre ou auprès de la mosaïque géante. Un peu malgré elle, elle finit par lui demander ce qu'il faisait, et il le lui expliqua.

Surprise, elle fronça les sourcils. « Ils ne peuvent donc pas voir les choses par eux-mêmes ?

— Si, ils le peuvent, mais la plupart ne viendront jamais sur Lisle pour voir cela et je dois donc voir à leur place.

— Et ils sont d'accord ? Ils acceptent de voir par tes yeux ? » Elle parlait avec un certain dégoût. « Ils se permettent de voir le monde à travers le regard d'un autre ? Mais pourquoi font-ils cela ? »

Sa véhémence étonna Farber. « Eh bien, s'ils ne le faisaient pas, ils ne verraient rien de ceci : la Vieille Ville, le pont, la crevasse…

— Dans ce cas, qu'ils viennent ici, s'ils veulent les voir ! Mieux vaut ne rien voir du tout que de voir un mensonge. Comment peuvent-ils connaître le monde, ou eux-mêmes, ou les chemins de la vie s'ils sont assez stupides pour laisser d'autres personnes voir à leur place ? »

Un peu ennuyé, Farber haussa les épaules, s'occupa à balayer la scène, à juxtaposer son image mentale à celle qui se présentait à lui, à produire le cliché qu'il désirait, à jouer de manière subjective avec l'éclairage et la texture, accentuant la courbe du pont ou ajoutant un gros nuage derrière la Vieille Ville, puis à fixer l'image dans son esprit et à actionner l'enregistreur. Il y avait inclus Liraun, au premier plan, et discrètement modifié sa position pour rendre la composition un peu plus dramatique. Elle s'en rendit compte et fit la grimace : sa canine brilla, elle fit passer le poids de son corps sur une jambe, puis sur l'autre et fronça à nouveau les sourcils. Un instant, Farber crut, avec une étonnante nuance de mépris et de condescendance, qu'elle avait peur qu'on ne lui prenne son « image » et que, comme certaines tribus primitives de la Terre, la machine ne lui dérobe une partie de son âme. Et puis, un peu à contrecœur, il comprit que ce n'était pas du tout cela : ses réactions étaient autrement plus complexes, son refus avait des bases esthétiques plus que superstitieuses et reposait sur une philosophie ou un mysticisme parfaitement opaque auquel il ne comprenait rien. C'était maintenant son tour de plisser le front. Il l'avait toujours considérée comme presque humaine, une sorte d'alliée face à l'étrangeté d'Aei : la confrontation avec le corpus insondable de la pensée alien avait brisé l'illusion et le mettait maintenant mal à l'aise.

En silence, ils redescendirent la colline de la Tour froide pour retrouver Lothlethren ; derrière eux, la lumière se mourait en longues zébrures noires et lavande sur un ciel couleur de prune.

Comme ils arrivaient aux abords de Brundane, ils tombèrent sur une sorte de cérémonie qui se déroulait sur la place de l'Herbe-Soufflée. Entourés d'une trentaine de spectateurs, six ou sept Cian aux costumes compliqués dansaient au milieu de la place au son d'un *tikan* et d'une flûte nasale. Certains danseurs titubaient sur des échasses, de grandes ailes noires accrochées dans le dos, d'autres rampaient, le ventre sur le carrelage bleu, d'autres encore tournoyaient, bondissaient et faisaient des génuflexions, mais ce qui attirait surtout l'attention, c'était une grosse tête (également montée sur échasses) pourvue de trois visages peints et sculptés qui regardaient vers l'avant, vers la droite et vers la gauche. Ils étaient si farouches, si impénétrables, si torturés et si stylisés qu'il était difficile de dire s'ils étaient censés représenter des hommes, des bêtes ou des démons, ou encore un mélange des trois. Le visage tourné vers l'avant était dans les tons brun et gris terne, et il avait les yeux clos ; celui de gauche était noir, argenté et rayé d'orange, et levait les yeux au ciel ; celui de droite avait des tons vert pâle, bleu et jaune et le regard rivé au sol. Le visage du centre était incrusté de fragments d'os et d'ivoire, celui de gauche de silex et d'obsidienne, celui de droite de plumes et de jade. La grosse tête traversait la place en penchant d'un côté puis de l'autre tandis qu'un *twizan* se tenait auprès de la foule et déclamait dans un dialecte chantant que Farber avait du mal à suivre.

Liraun changea d'humeur en un rien de temps, elle devint volubile, enthousiaste et gaie, et insista pour lui « expliquer » la cérémonie.

En premier lieu, déclara-t-elle, il ne s'agissait pas d'une cérémonie. C'était une représentation séculière, pas une Pâque, seulement une interprétation du poème classique de Danau *sur* Nestre, *L'Exaltation des petits rampants morts*. Le héros — mais peut-être l'héroïne, car le langage était ambigu — était un petit ver qui vivait dans la vase au fond de la mer Aînée. Pour une raison que Farber ne saisit pas, le ver se changea un jour en un insecte rampant, lequel se transforma ensuite en un poisson, une sorte d'anguille à nageoires, en fait. Le poisson — l'anguille — aurait pu mener une vie longue et paisible dans l'océan, mais il se révéla qu'il avait « la mer au cœur ». Farber ne comprit pas vraiment, en entendant le chant du *twizan* ou le commentaire obscur de Liraun, ce qu'avoir « la mer au cœur » signifiait : « audacieux » peut-être, ou encore « infatigable », ou même « extraordinairement pieux » ou « béni », « imprudent » pourquoi pas ou encore « imbécile ». Quoi qu'il en soit, il avait la mer au cœur, et cela l'incita à nager d'une extrémité à l'autre du Grand Océan du Nord. C'est donc ce qu'il fit, mais, en arrivant sur le rivage lointain, il avait acquis une telle vitesse qu'il continua de nager sur la terre ferme, transformant ses nageoires en jambes au contact des rochers.

Cette partie du poème était très longue et Farber la trouva extrêmement pénible. Elle décrivait la sortie de l'océan du poisson avec une foule de détails incroyablement banals : le type de boue sur lequel rampait l'animal ; sa consistance ; l'emplacement et la taille des rochers, leur composition, leur allure ce jour-là ; l'emplacement du sable sec ; celui des plants d'herbe marine ; la température de l'eau ; son goût et son degré de salinité ; les autres sortes de poissons qui vivaient dans le coin à ce moment-là, leur nombre, leur nom et leur description ; quel était l'aspect de l'eau quand on la regardait par en dessous, juste avant que le poisson ne la traverse pour jaillir à l'air libre ; quelle était l'allure du ciel quand il le vit pour la première fois ; quelle était la température de l'air ; quelle était la force du vent et sa direction… et ainsi de suite. Farber se serait endormi sur place sans les mouvements assez spectaculaires des danseurs montés sur échasses qui accompagnaient cette récitation.

Les choses ne s'arrangèrent pas une fois que le poisson se fut retrouvé sur le sable. La première chose qu'il fit — entre-temps, le poisson était redevenu un animal rampant — fut soit de donner naissance à une portée de petits, soit de se dissocier en un certain nombre de parties, lesquelles devaient elles-mêmes évoluer pour se changer en bébés rampants — là encore, Farber eut du mal à saisir la nuance. Les bébés — ou les parties — exécutèrent une danse compliquée, puis des *kwians* (des marsupiaux ailés, même s'ils semblaient symboliser ou désigner une autre catégorie de créature surnaturelle) s'abattirent pour s'emparer de la mère des petits (ou de l'une de ses parties) avant de la déposer dans une plaine rocheuse et désolée. Là, l'animal rampant (ou une partie de celui-ci) fut visité par un Être de Pouvoir, noir comme le jais et tout-puissant, qui lui dit qu'il devait changer une fois encore, pour la dernière fois, afin de protéger ses enfants (ou les autres parties de lui-même) de la rigueur du monde et de la violence du soleil. L'Être de Pouvoir lui proposa de choisir entre trois choses : il pouvait se changer en un rocher, haut et éloigné, pour que sa masse imposante protège les autres créatures des prédateurs ; il pouvait aussi se changer en une mousse fraîche et humide pour protéger les animaux de la chaleur du soleil, des arêtes des rochers et de la morsure du vent ; il pouvait enfin mourir et se changer en une mare de sang à laquelle les autres pourraient venir s'abreuver.

La danse se termina alors, et les Cian firent claquer leurs doigts en guise d'applaudissements. Ils émettaient des sifflements qui rappelaient ceux d'une bouilloire.

« Qu'est-ce qu'il a fait ? demanda Farber. Quelle forme a-t-il prise ?

— Mais les trois, naturellement, dit Liraun avec un sourire radieux.

— C'est impossible ! Elles sont mutuellement exclusives, il se doit de changer en une chose ou en une autre. Les trois ne peuvent pas exister en même temps.

— Mais bien sûr que si ! » dit Liraun, toujours souriante, même si elle le regardait d'un air étrange, avec une certaine intensité. « Il est devenu les trois choses à la fois. Oui. C'est ça, l'intérêt de l'histoire : s'il n'avait pris qu'une seule forme, elle n'aurait aucune finalité. Tu comprends ? C'est important que tu comprennes. »

Farber ne comprenait rien mais il murmura un acquiescement de politesse. Comme ils quittaient la place — elle, toujours exubérante, et lui, de plus en plus perplexe —, il se retourna juste à temps pour voir les deux danseurs qui avaient actionné la grosse tête en émerger comme des parasites d'un cadavre déchiqueté. Il remarqua alors que le visage des danseurs n'était pas moins étrange que les masques de bois, de silex et d'obsidienne du grand totem qu'ils occupaient et qu'ils s'efforçaient d'animer, réussissant parfois à lui accorder une sorte de vie passionnée et totalement éphémère.

Serrés l'un contre l'autre pour se protéger du froid du soir, hanche contre hanche, ils revinrent vers l'Enclave. Pareilles à des lucioles, des lanternes pastel s'allumaient çà et là dans l'obscurité lumineuse de la nuit extraterrestre.

5

Extase : le mot est peut-être un peu excessif quand il s'agit de sexe ou d'amour, mais cette nuit-là fut la plus parfaite que Farber pût se rappeler, une nuit tendre et brûlante. Ils se montrèrent alternativement timides et farouches, exubérants et plaisamment mélancoliques, et ils finirent par sombrer paisiblement dans le sommeil comme des jumeaux qui s'installent dans un océan duveteux.

Quand Farber se réveilla, ce fut à cette heure froide et amère qui précède l'aurore, et Liraun se détachait délicatement de lui pour se préparer à partir. En sentant sa douceur et sa chaleur s'éloigner de sa peau et l'air froid s'engouffrer pour combler le vide, il se retrouva subitement nu alors qu'il était superbement vêtu de chair : Farber ouvrit les yeux. Il vit son visage lumineux comme la lune dans les ténèbres s'éloigner de lui, pareil à un vaisseau qui s'arrache à un satellite en orbite pour retrouver le disque d'airain de sa planète d'origine, semblable à un minuscule poisson phosphorescent qui plonge dans l'obscurité vivante de la mer. Quelque chose de complexe et de pénible naquit en lui, qui lui serra la gorge et le brûla derrière les yeux. Indépendamment de lui, sa voix se mit à parler — les mots résonnèrent curieusement dans la pièce silencieuse — et il s'entendit demander à Liraun de rester, de rester avec lui, de vivre avec lui, de ne jamais le quitter…

Le visage de Liraun blêmit comme si elle se vidait de son sang, comme s'il s'arrachait littéralement à elle comme les faisans à la terre dans la nuit allemande. Elle ne lui répondit pas, elle ne lui répondrait pas. Alors qu'il la suppliait de lui dire ce qui n'allait pas, elle remit ses vêtements avec des gestes raides et mécaniques ; habiles d'ordinaire, ses doigts se faisaient maladroits. Son visage était froid et vide comme un masque de cire. Elle évitait de le regarder. Quand elle eut fini de se vêtir, elle tourna en tous sens dans l'appartement comme un animal en cage. Farber s'était levé et il essayait de la toucher, de la retenir, mais elle passait à côté de lui comme s'il n'existait pas. Elle demeura un instant sur place, frémissante, le regard vitreux.

Puis elle sortit en courant.

La porte claqua derrière elle, irrévocablement.

Farber resta seul dans le noir à écouter le ronronnement des appareils domestiques, puis la surprise et la douleur cédèrent lentement la place à un autre sentiment : la tristesse de ne toujours pas savoir comment la retrouver.

Ce soir-là, Liraun ne vint pas lui rendre visite. Il resta à l'attendre pendant la moitié de la nuit, somnolant sur sa chaise et sursautant à chaque bruit. Il revivait sans cesse leur dernière scène, tentant assez vainement de comprendre ce qui s'était passé, et revécut avec une extraordinaire intensité quelques-uns des moments passés ensemble.

Liraun ne se montra pas non plus la nuit suivante.

Le troisième soir, furieux et blessé, Farber sortit comme un fou de son appartement, descendit au mess de la Coop et but de manière inconsidérée. Il y eut aussi une réconciliation intense et larmoyante avec Kathy et, moins de deux heures plus tard, ils étaient dans l'appartement et dans le lit de celle-ci. Pour sceller leurs retrouvailles, Kathy passa le reste de la nuit à inventer des manières exotiques de faire l'amour. Farber y céda sans entrain. Il réussit tout de même à jouir plus de fois qu'il ne l'avait fait de sa vie, mais le cœur n'y était pas : il ne cessait de penser à Liraun, de l'imaginer, de la désirer. Malgré ses résolutions d'alcoolique, il se rendit compte qu'il ne pensait pas à Kathy : il ne cessait de fantasmer, d'imaginer qu'elle était Liraun, et c'était cela qui attisait le plus son désir, pas Kathy.

Le lendemain, en début de soirée, Liraun se présenta à l'appartement de Farber comme si elle s'était matérialisée devant sa porte. Elle ne parla pas de son absence ni de celle de Farber, la nuit précédente, ni de leur désaccord. Elle ne reparla plus jamais de tout cela. Farber fit de même. Il se détendit dans la familière étrangeté de sa compagnie : il avait l'impression de s'être enfin retrouvé. Kathy sonna à sa porte sur le coup de dix heures et ne lâcha pas la sonnette tant qu'il ne lui eut pas crié de s'en aller. Liraun ne parla pas non plus de cela.

Ils n'abordèrent plus l'idée de faire vie commune, mais, quelques nuits plus tard, sans qu'il le lui eût demandé, elle rapporta un sac plein d'objets personnels et s'installa. Il ne lui fallut qu'une quinzaine de minutes. En la regardant circuler dans son appartement et ranger ses affaires, Farber éprouva un sentiment d'étonnement qui confinait à la crainte. Il ne savait vraiment rien d'elle ni de sa vie. Et pourtant, elle était là : elle s'installait avec lui. Cette alien qui allait vivre dans sa maison, jour après jour. C'était incroyable et merveilleux. Sans qu'il le lui dise, elle mit le souper à cuire et s'assit pour jouer du *tikan*, et déjà il sentait sa calme présence envahir tout son appartement, se glisser dans son corps comme une douce chaleur, renforcer ses espoirs et apaiser ses peurs.

Après cela, Farber cessa d'éviter tout engagement émotionnel supplémentaire avec Liraun bien que, si quelqu'un avait parlé d'amour devant lui, il se fût empressé de nier avec insistance. En fait, il était de plus en plus dépendant d'elle, surtout maintenant que chacun l'évitait et qu'il passait pour une sorte de paria auprès de la communauté des Terriens. Elle était son soutien, elle l'aidait à aller de l'avant. Elle était pareille à un tranquillisant qui lui permettait d'assumer la solitude de l'exil sur cette terre étrangère. Elle l'aidait à oublier qu'il pouvait contempler les étoiles indéfiniment et ne jamais voir une configuration qu'il eût déjà admirée au cours de ces innombrables nuits d'observation de son enfance dans les alpages franconiens, non loin de Treuchlingen. Sa nature énigmatique et insondable l'attirait irrésistiblement. Son esprit était toujours masqué, comme recouvert d'un millier d'épaisseurs de gaze semi-transparente, et l'intimité physique n'était qu'un moyen de se débarrasser des premières couches. Lui qui avait été habitué à l'attitude agressive et trop sûre de soi des femmes de la Terre appréciait l'apparente soumission de Liraun même si, comme la plupart des hommes de sa génération, il se croyait sérieusement « libéré ». Malgré cela, il s'habitua rapidement à la voir s'en remettre à sa volonté, lui préparer le repas, le servir d'une centaine de manières différentes.

Le mois suivant fut probablement le plus heureux de toute la morne et courte vie de Farber. Et ce fut certainement au cours de cette période qu'il produisit ses plus belles œuvres. Pendant les semaines où il vécut avec Liraun, il créa plusieurs clichés qui suscitèrent un certain intérêt sur Terre, notamment *Femme au repos, Soir d'Alàntene, L'Homme du fleuve* et surtout *Esplanade : regard sur la mer*. Il était satisfait sur tous les points. Il avait le plaisir d'un travail qu'il aimait, la satisfaction de bien l'exercer et la perspective de connaître un certain succès — sans parler de Liraun. Et, comme les individus sont toujours prêts à oublier les leçons les plus douloureuses dès l'instant où ils croient que le vent a tourné, il retrouva même un peu de sa suffisance d'antan.

Naturellement, cela ne pouvait pas durer.

Auteurs et spécialistes se sont demandé pendant des années pourquoi Farber s'est finalement résolu à épouser Liraun. En vérité, Farber lui-même n'aurait pu le dire. Ce ne fut pas vraiment une décision consciente, mais plutôt, ainsi qu'il le comprit plus tard, un engagement qu'il prit à un moment donné. Lequel, il n'aurait pu le préciser. Il y eut toutefois six choses bien précises qui le poussèrent à penser et à agir de la sorte, six étapes, comme six grandes enjambées dans l'eau profonde.

La première survint certainement le jour où il se rendit compte que Liraun n'était pas heureuse.

Pas heureuse, ce n'est peut-être pas l'expression qui convient (car ils prenaient toujours beaucoup de plaisir l'un à l'autre), mais troublée, tout au moins, ou partagée. Même dans ses moments les plus gais, il y avait toujours eu en elle une sorte de mélancolie, mais elle se faisait maintenant plus visible de jour en jour. Il le remarqua et réagit avec une certaine inquiétude, mais ne comprit pas pourquoi il en était ainsi. Comme d'habitude, elle se refusait à évoquer ses propres sentiments, changeait de sujet quand Farber la questionnait ou se refermait s'il la pressait de répondre.

Il ne comprit ce qui n'allait pas que lorsqu'ils se rendirent à la soirée mensuelle donnée par la Coop, extraordinaire geste de défiance de la part de Farber qui en tira d'ailleurs une jouissance un peu mitigée. Des membres influents de la communauté cian étaient régulièrement conviés à ces réunions — autrement appelées « cocktails », même si l'on y servait autant d'hallucinogènes et d'amphétamines que d'alcool — et certains se déplaçaient : ils qualifiaient ces réceptions de « petites Pâques » et semblaient les considérer avec condescendance et tolérance comme on le ferait d'une saynète absurde jouée par des enfants de maternelle.

Ce soir-là, les Cian se montrèrent très froids à l'égard de Liraun, plus froids encore que les Terriens par rapport à Farber. Ils ne la snobaient pas ouvertement, mais il y avait derrière tout ce qu'ils disaient ou faisaient une hostilité à peine voilée qui indiquait bien qu'ils désapprouvaient. Jacawen *sur* Abut était là, glacial — en tant qu'Agent de Liaison, il se devait quasiment d'être présent, mais il était clair qu'il détestait cela. Contrairement aux autres Cian, qui participaient à la fête avec un enthousiasme non dénué de sarcasme, il observait avec dégoût la foule bruyante, étudiait les danseurs avec mépris (sans jamais s'essayer aux danses terriennes, comme le faisaient certains Cian qui, par la grâce et la souplesse de leurs mouvements, dépassaient de loin les Terriens, même lorsqu'ils s'emmêlaient dans les pas, et étaient les premiers à rire quand ils tentaient vainement de maîtriser la danse du Scorpion ou le Papoussière) et ne consommait rien, ni mets, ni boissons, ni drogues. Contrairement aux autres Cian, il se montrait franchement hostile envers Liraun, fermait avec déplaisir ses yeux durs chaque fois qu'il la voyait, changeait brusquement de pièce quand elle y entrait et refusait de lui parler ou de reconnaître sa présence de manière positive.

Liraun fut tendue et silencieuse pendant toute la soirée, et elle se replia sur elle-même. Farber était vivement contrarié : il n'avait jamais pensé que leur union pourrait déclencher autant d'ostracisme chez ses semblables qu'il n'en avait subi de la part des siens ; il avait compris que les Terriens se montreraient distants avec elle, mais il n'avait pas pensé qu'en l'amenant à la soirée il l'exposerait également au mépris et à l'hostilité des Cian.

Cette nuit-là, pour la toute première fois, elle se montra préoccupée et ne réagit pas quand il lui fit l'amour. Il crut au début qu'elle lui en voulait de l'avoir invitée à la réception, puis il comprit que sa détresse reposait plus sur la douleur et l'humiliation que sur la colère. Ils étaient allongés paisiblement dans la pénombre. La cuisse humide de Liraun reposait toujours sur ses jambes et sa tête sur son épaule, et trois de ses tétons, encore durs, s'écrasaient sur son flanc ; elle sentait la sueur qui séchait sur leur corps et leurs sécrétions naturelles qui collaient à leurs poils pubiens, elle voyait le chatoiement crémeux de lumière que le réverbère projetait sur le plafond et le haut de l'un des murs. Le silence était trop pesant, trop long aussi dans cette pénombre aux senteurs de musc, son corps pesait trop lourd. Et pour briser le silence, il dit : « C'était comment pour toi quand tu étais gosse ? » — pas vraiment parce qu'il pensait qu'elle lui répondrait, ni même nécessairement parce qu'il souhaitait le savoir, mais parce que c'étaient les seuls mots, le seul artifice de conversation, qu'il avait pu trouver dans sa tête malade.

Étonnamment, elle lui répondit, et elle se redressa un peu en s'appuyant sur un coude pour dire d'un air songeur, ironique et amer : « C'était comment quand j'étais gosse ? Je me rappelle surtout le vide et le vent, et que personne ne voulait jouer avec moi. J'étais seule. Je marchais sur l'Esplanade dans la neige et le vent glacé, je regardais les maisons aux volets clos. Et je savais que chaque heure, chaque minute qui s'écoulait me rapprochait un peu plus du jour de ma mort. »

Farber la regarda, consterné. « C'était vraiment si moche ? », demanda-t-il, mais elle se contenta de secouer la tête, pas pour lui répondre mais pour indiquer qu'elle ne voulait plus parler de cela. Elle se redressa davantage et fit glisser sa cuisse sur lui, puis elle le regarda d'une façon languissante mais pourtant intense qui finit par lui rappeler, non sans une certaine gêne, qu'elle voyait bien mieux que lui dans l'obscurité. Elle effleura son visage du bout des doigts, suivit doucement le contour de ses sourcils, de ses pommettes, de ses mâchoires carrées. « C'est si étrange, dit-elle d'un ton rêveur, si étrange. Un peu comme un animal, presque cela, oui. Bestial. Comme un des petits rocheteaux qui vivent dans les collines de l'Ouest. » Farber avait déjà vu un rocheteau et il comprit qu'elle le comparait à l'animal le plus proche du singe que Weinunach possédât. Après la réaction un peu amusée, il s'étonna qu'elle pût le comparer à une sorte de singe parce que lui-même l'avait souvent trouvée proche du chat. Du chat ou de la loutre, peut-être : un animal souple et gracieux, splendide et maître de soi. Bestiale, oui. Comme une bête. Comme lui. Un peu coupable, il tendit la main et caressa sa joue, la cascade soyeuse de sa chevelure. Elle s'embrasa à ce simple contact. Ils firent l'amour avec une précipitation désespérée, et Liraun accélérait le rythme comme si elle craignait que le plafond ne s'écroule ou que le sol ne les engloutisse avant qu'ils aient fini.

Ensuite, ils restèrent blottis dans les bras l'un de l'autre, la chatte et le singe (ils n'étaient ni l'un ni l'autre, mais étaient tout de même parfaitement étrangers) : Liraun s'endormit, agitée et gémissante alors qu'elle s'enfonçait dans le turbulent pays de ses rêves, et Farber, qui la tint contre lui et la caressa pendant toute la nuit, ne dormit pas un seul instant.

6

Il fallut à Farber encore quelques jours pour comprendre la raison de l'ostracisme dont souffrait Liraun mais, au prix de beaucoup d'insistance et de persuasion, il finit par saisir quelques bribes de l'histoire. Réunies les unes aux autres, voici de quoi elle avait l'air : la morale des Cian ne voyait rien de mal dans le fait qu'une fille célibataire prît un amant, même un amant étranger, tant qu'elle ne concevait pas ; la virginité n'avait pas de valeur particulière — c'était plutôt le contraire, en fait. Jusqu'à son mariage, toutefois, on attendait d'elle qu'elle vécût seule, ou dans la maison de son père. Il y avait là-dedans un symbolisme assez spécial : on disait qu'une fille « quittait le toit de son père pour celui de son mari ». C'était une question de propriété, tout simplement, la passation d'un titre, et cette équation n'accordait aucune place à la protection d'un autre mâle. Ainsi le péché de Liraun ne tenait pas à ce qu'elle couchait avec Farber — la plupart des Cian affichaient à cet égard une totale indifférence — mais qu'elle *vécût avec lui*, « sous le toit » d'un homme qui n'était pas son mari. Si étrange que cela pût paraître à Farber, cela suffisait pour qu'elle fût rejetée par les siens.

Et tout cela procura à Farber une autre nuit d'insomnie. S'il était né trente ans plus tôt, ou dix ans plus tard, il ne se serait probablement pas préoccupé du bien-être de Liraun, mais l'amoralisme n'était plus à la mode, une fois de plus, et, avec son optimisme à la Horatio Alger et son envie de réussir, sa génération avait redécouvert l'humanisme — limité à sa propre catégorie d'individus, bien entendu, aux « humains » — et une sorte de naïveté *recherchée*. Il lui fallait donc découvrir ce qu'il *convenait* de faire. D'un côté, il aimait sincèrement Liraun et ne voulait pas qu'elle souffrît à cause de lui — mais il ne voulait pas non plus la perdre. De l'autre, il avait peur du mariage comme la plupart des jeunes gens de son époque, surtout lorsqu'ils étaient artistes ou appartenaient à l'intelligentsia. Mais peu importait la façon de voir les choses, il en revenait toujours au même point : il lui fallait la quitter ou l'épouser ; rien d'autre n'améliorerait sa situation.

Vers l'aube, il décida — de sang-froid, pourrait-on dire, mais on pense toujours qu'il en va ainsi quand on privilégie l'aspect pratique — que la meilleure chose à faire serait d'épouser Liraun, mais uniquement selon un rituel cian. Elle redeviendrait une femme respectable aux yeux des Cian et, pour ses compagnons terriens, il ne s'agirait que d'une union indigène qui ne le lierait pas sur Terre. Si ses relations avec Liraun venaient à se détériorer, il pourrait l'abandonner à la fin de sa mission sans se poser de problèmes de légalité. Au matin, il adressa une requête à l'Agent de Liaison (ce petit homme glacial ne l'approuverait certainement pas, à en juger d'après les réactions que Liraun avait suscitées chez lui pendant la réception) et un message à la Coop pour expliquer ce qu'il se proposait de faire.

Puis il alla se coucher.

Il n'avait pas encore pensé à en parler à Liraun.

Les yeux de Liraun, quand il le lui dit. Ce fut la seconde étape.

Le lendemain après-midi, Farber eut un entretien avec le directeur de la Coop. La plupart des Terriens jouaient à être aigris, car c'était le style de l'époque, mais dans le cas de Raymond Keane, le directeur, ce n'était pas une attitude. Il était effectivement aigri. C'était un homme amer, perturbé, cynique et usé, avec tout juste assez d'énergie pour faire de lui un réservoir de malveillance. Il était là depuis le début de l'aventure terrienne sur «Lisle», à un poste ou à un autre. Durant tout ce temps, il s'était montré incapable d'établir des relations commerciales vraiment viables. Le dernier grand espoir avait été une drogue indigène — utilisée dans un but entièrement différent sur Weinunach — que la Coop avait importée sur Terre en tant que sérum susceptible d'éviter le rejet des transplantations mais qui avait malheureusement eu un effet secondaire très négatif en supprimant toute la cholinestérase du corps de l'utilisateur deux ans après qu'il eut reçu la première dose, ce qui n'était jamais survenu dans l'Enclave au cours des années d'expérimentation. Apparemment cette réaction avait été initiée par un élément propre à l'environnement de la Terre; une chose qui avait déclenché un épisome resté latent sur «Lisle». C'était l'inconvénient du commerce interstellaire : trop de facteurs incontrôlables, et les règles d'un jeu qui changeaient sans cesse sans que l'on sût comment. Petit cadre à l'époque, Keane s'était trouvé propulsé au poste de directeur par le scandale de la cholinestérase, mais n'avait pas réussi à y échapper complètement. Avec le temps, ses exportations vers la Terre s'étaient révélées très décevantes — pas de manière aussi spectaculaire que lors du premier fiasco et jamais assez pour lui faire perdre son poste, mais avec tout de même une certaine constance. Cela durait ainsi depuis près de cinq ans. Et cela l'avait rongé. Il ressemblait à un homme qui n'a plus la force de continuer, mais qui le doit pourtant, et il poursuivit donc ainsi sans la moindre force, en s'appuyant sur un ensemble dc faiblesses complexes et subtilement imbriquées.

Il garda Farber sur le gril pendant plus d'une heure.

Farber n'était pas passionnément attaché à son projet matrimonial au moment d'entrer dans son bureau : c'était le lendemain matin, et il commençait à entrevoir quelques-unes des difficultés que cela impliquerait. Il s'attendait un peu à ce qu'on l'en dissuade, il l'espérait aussi. Mais, au lieu de tenter de le persuader, Keane avait grogné, menacé, fulminé, pesté, au point de s'empourprer et de se mettre à crier. Au début, Farber s'en était étonné. Il travaillait pour la Coop sur la base d'un contrat on ne peut plus souple, sans être soumis au moindre contrôle, et n'était pas habitué à se faire ainsi passer un savon. Peu à peu, la colère le gagnait. Keane se déchaînait : ce mariage déclencherait des sentiments hostiles parmi les Cian, ce serait une première étape sur la voie de la dissolution de l'identité culturelle de l'Enclave, cela pouvait encourager d'autres Terriens — ou pire, des Terriennes — à faire de même, cela remettait en cause la fiabilité de Farber et lui prendrait une trop grande partie de son temps… enfin, une pléthore de raisons, certaines bonnes, d'autres non, mais toutes fausses. Farber observait le visage de Keane tandis que celui-ci lui parlait. La face du directeur était plate et terne, sa peau, de la texture de la corne, était marquée de nécroses brillantes pareilles à des écailles de graisse congelée, là où le rêve s'était terni et changé en chitine. Peu importe ce qu'il disait, la véritable raison de son opposition à ce mariage était sa haine des Cian. C'était un sentiment qui allait au-delà du rationnel, du devoir ou même de l'intérêt personnel. Il haïssait les Cian, il haïssait la Coop, « Lisle », son travail, Farber. Et surtout il se haïssait lui-même. C'était une haine épuisante contre laquelle on ne pouvait rien, d'autant plus sombre qu'elle ne menait à rien. Elle ne détruisait même pas. Elle ne pouvait que nier.

Farber pouvait se montrer très obstiné quand on le poussait dans ses retranchements, et c'était justement ce qui se passait. Il se mit à rougir. Inconsciemment, il se ressaisit, se cala sur sa chaise et plaqua les pieds au sol.

Keane se calma enfin, et la pièce s'emplit d'un silence qui s'éternisa. Farber était parfaitement calme. Il n'avait pas prononcé un mot depuis que Keane s'était lancé dans sa tirade. Il ne parlait pas. Il était assis, immobile, au milieu du bureau — une sorte de grotte luisante et aseptisée, toute d'acier, de plastique, de chrome, de céramique et de verre, emplie de curiosités, de plaques, de certificats encadrés, de cartes, de piles de dossiers, d'un énorme terminal informatique et d'un aquarium holographique qui occupait tout un mur — et il regardait fixement Keane.

Keane jouait avec les objets de son bureau.

« L'Agent de Liaison cian vous accordera un entretien demain, dit Keane après une pause gênée, afin de discuter votre proposition. Mon avis est que vous ne vous y rendiez pas. Si vous le faites cependant, assurez à l'Agent de Liaison qu'il s'est agi d'une sorte d'erreur de jugement de votre part. Vous m'avez compris ?

— Ma vie privée ne vous regarde en rien, dit mollement Farber.

— En aucune circonstance, vous ne continuerez dans cette direction, monsieur Farber.

— Votre autorité ne s'étend pas jusqu'à ma vie privée, dit Farber avec une certaine vivacité. Je ferai ce que je veux.

— Farber ! » dit Keane, et simultanément Farber dit : « Cela ne vous regarde pas ! »

Autre silence.

« Je peux vous causer beaucoup d'ennuis, savez-vous ? » dit Keane.

Ce fut la troisième étape.

Obstinément, Farber prit son après-midi et alla voir l'Agent de Liaison cian auprès de la Mission terrienne, Jacawen *sur* Abut.

Jacawen tenait ses bureaux dans la Vieille Ville.

Farber était déjà allé dans la Vieille Ville, mais il n'y était jamais resté très longtemps parce que l'endroit ne lui plaisait pas. C'était un endroit rempli de rues pavées et escarpées, de tours, de flèches et de dômes, d'escaliers très raides, de balcons et de places en terrasse, de longues ruelles étroites qui serpentaient entre de hautes murailles de roche noire jusqu'à déboucher brutalement sur d'hallucinantes visions de la campagne environnante ou de la mer en perpétuelle agitation. C'était un lieu rempli de niveaux, de gouffres ouverts dans la roche de la falaise, parcourus de lueurs et de fenêtres d'argent et d'orange étincelant dans les profondeurs comme la phosphorescence résiduelle au fond d'un puits ; de promontoires en nid-d'abeilles faits d'une roche plus rude, dressés comme la proue d'un grand navire sombre sur d'autres bâtisses et eux-mêmes surmontés de toits entremêlés tendus vers le ciel bleu marine. Il s'agissait d'un lieu enchevêtré de petites jungles verticales qui rampaient sur la Vieille Ville comme de la vigne vierge. Tout Aei était parcouru de Bandes sauvages, maintenues en l'état pour soulager les résidents de l'existence urbaine, mais les Bandes de la Vieille Ville étaient pratiquement verticales, et ces ruelles pleines d'herbes et de buissons touffus, accrochées aux fissures des murailles extérieures, étaient emplies de créatures aussi agiles qu'hirsutes — pareilles aux écureuils pour certaines, aux chèvres pour d'autres — qui sautaient dans le silence le plus total de rocher en rocher, poursuivies par de petits prédateurs miaulants à la queue effilée et au faciès grimaçant. C'était un lieu d'où le commerce et l'activité étaient absents. Il n'y avait ni boutiques ni échoppes dans la Vieille Ville, mais on trouvait en revanche nombre de demeures privées et de bureaux dépendant de l'administration. Deux marchés en plein air se tenaient pendant la journée et des vendeurs d'aliments chauds opéraient sur l'Esplanade, mais rares étaient les restaurants ouverts après la tombée de la nuit ; et contrairement à la Ville nouvelle, on ne voyait aucun lieu de loisirs. C'était un endroit assez confidentiel, en quelque sorte. N'importe quel Cian pouvait visiter la Vieille Ville, mais seul un membre des Mille Familles pouvait y résider. Dans la Ville nouvelle, on voyait souvent passer dans la rue des invalides, des clones ou des êtres génétiquement modifiés — les Cian étaient les maîtres d'une technologie biologique extraordinairement sophistiquée, et leurs chirurgiens génétiques, les « Tailleurs », produisaient d'étranges créatures qui constituaient l'un des grands produits d'exportation de Weinunach —, mais ils n'avaient pas le droit de poser le pied dans la Vieille Ville. Les habitants des autres mondes, comme les Terriens, avaient la permission de la visiter, mais pas plus. C'était un lieu constitué principalement de roche et d'obsidienne, auxquelles se mêlaient le bois et le fer, le verre et l'ardoise. Ses couleurs dominantes étaient le noir et l'argent, avec quelques tuiles grises et rouges, et parfois, étonnamment, une tache d'orange ou de brun. Cela sentait la roche propre et nue, l'ozone et le vent de la mer, avec un parfum de musc sous-jacent. On entendait quelques bruits sourds, mais le silence avait quelque chose de vibrant — comme constitué d'un million de voix trop discrètes pour être perçues. L'esprit de la Vieille Ville était en équilibre sur le fil du rasoir, entre « oppression » et « sérénité ».

Aujourd'hui, pour Farber, c'était l'oppression qui prenait le dessus. Il prit le funiculaire, traversa l'Esplanade à la limite de la grande falaise, emprunta un escalier, puis une ruelle et un tunnel, un autre escalier et une autre ruelle, pénétrant toujours plus profondément, toujours plus haut, dans la Vieille Ville. Il alla si loin qu'il ne voyait plus la Femme de Feu que de manière occasionnelle au-dessus des toits et parmi le dédale des ruelles. Tout baignait dans une semi-lueur à présent tandis qu'il parcourait alternativement des Bandes à la lumière brumeuse ou à l'ombre si dense qu'on l'eût dite solide. Il se sentait comme un ver qui creuse la roche noire et la terre meuble, et ce jusqu'à ce qu'il parvînt à un escalier qui montait le long du dôme d'un immeuble, en pleine lumière et sans protection aucune de part et d'autre, et là il se sentit comme un insecte qui court sur la paroi nue d'une montagne. Le bureau de Jacawen se trouvait non loin, dans une bâtisse dressée au-dessus de la masse de la ville comme un pignon, les fenêtres ouvertes sur le lointain.

Ce fut Mordana, le fils-héritier de Jacawen, qui introduisit Farber. C'était un jeune homme grand et taciturne, au visage à la fois angélique et dédaigneux : lointain, beau, plein de morgue. Il se mouvait comme un tigre, comme un guerrier qui part au combat ; ses yeux brillaient d'une intelligence sauvage, son regard était d'une intensité quasi fanatique. Il était clair qu'il n'aima pas Farber dès la première seconde où il le vit et que l'existence de celui-ci constituait un affront à sa conception de l'univers. Le visage un peu crispé, comme s'il percevait une mauvaise odeur, il conduisit Farber dans le bureau et se retira.

« Asseyez-vous, monsieur Farber », dit Jacawen.

Farber prit place. Le sol était recouvert de ce qui ressemblait à une sorte de champignon et il s'y enfonça comme dans un coussin. Jacawen se tenait à quelque distance sur un dais peu élevé. Le bureau était spacieux, clair, bien rangé, avec des murs de pierre et un plafond à demi couvert de boiseries. À l'est, une fenêtre donnait sur les laisses de la mer Aînée ; elle était ouverte et l'on pouvait entendre le ressac et les cris des « oiseaux marins » que portait le vent mais qui se mouraient dans le lointain quand le vent se calmait. Ce vent qui sifflait par la fenêtre et apportait les bruits de l'océan était frais et raréfié, il sentait le sel, lequel sentait le sang. Un peu de lumière solaire pénétrait avec lui, pure comme le cristal : elle jouait sur la riche tapisserie qui recouvrait le mur d'en face et faisait adroitement ressortir des dieux et des hommes, des démons au regard froid et des femmes superbes, des naissances et des batailles, des venues au monde et des décès.

Farber et Jacawen se regardèrent longuement, en silence.

Jacawen était un petit homme sombre, très maître de soi, avec des cheveux noir de jais et de grands yeux dorés comme la plupart de ceux de sa race. Il était mince comme une loutre et donnait une impression de robustesse tout autant que de souplesse. Ses seins n'étaient pas plus gros que ceux d'un Terrien ; il n'était pas en période de lactation à cette époque, mais sa chemise fine révélait trois paires de tétons, bien espacés deux par deux le long de sa cage thoracique, et six petits mamelons. Son visage était calme, presque sans passion, mais Farber trouvait que les pointes acérées de ses canines qui dépassaient de ses lèvres lui donnaient un air un peu satanique. Jacawen était encore plus intelligent et vif que son fils, mais chez lui la lueur de fanatisme s'était changée en une force maîtrisée, une sorte de flamme constante. Tous deux étaient des Hommes de l'Ombre, une sorte de secte quasi religieuse qui infiltrait une grande partie du gouvernement de Shasine, mais Jacawen jouissait de la maturité et de la sagesse de l'expérience : si Mordana était encore plein de morgue temporelle, Jacawen, bien au-delà de cela, avait acquis l'humilité étrangement arrogante d'un maître de l'Ombre et aspirait à se situer, comme les anges, par-delà la honte et la fierté. Dans cet exercice, il rencontrait des fortunes diverses.

« Saviez-vous que Liraun était ma demi-nièce ? » demanda brusquement Jacawen.

Oh, mon Dieu, songea Farber.

Au bout d'un moment, il réussit à dire : « Non, je l'ignorais.

— Je vous apprends ceci, reprit Jacawen avec sérénité, non parce que c'est important en soi, mais parce que cela prouve que je connais son esprit et que j'ai eu beaucoup de temps pour l'observer. Sur Weinunach, il est de coutume d'avoir des enfants par vagues, distantes de quatre ans. Liraun est née pendant un creux entre deux vagues, un an et demi après la vague précédente, deux ans et demi avant la vague suivante. Il n'arrive pratiquement jamais que nos femmes conçoivent quand elles ne sont pas censées le faire, mais cela arrive malgré tout, et tel fut le cas. Comprenez-vous, monsieur Farber ? Liraun a grandi seule, sans groupe d'âge où s'intégrer, sans amis. Pas même de compagnons de matrice — la Mère, qui ne s'est pas rendu compte pendant des mois qu'elle avait conçu, n'a pas eu le temps de s'occuper proprement de sa grossesse : la plupart de ses compagnons de matrice sont mort-nés, et une sœur est morte dans la prime enfance. Liraun a survécu, mais elle a grandi solitaire, triste et farouche, et elle l'est toujours. Elle s'est mise en dehors de l'Harmonie en diverses occasions. » Il s'arrêta et regarda fixement Farber. « Me comprenez-vous, monsieur Farber ? Je vous parle librement de problèmes privés, ce qui va à l'encontre de la coutume de notre peuple et me coûte beaucoup, mais je souhaite que vous me compreniez. »

Farber fit la grimace. « Il semble que vous voulez me dire que la... l'aventure de Liraun avec moi n'est qu'un sursaut de plus dans une vie vouée à la rébellion.

— Cela est étrangement formulé, mais somme toute assez juste.

— Et c'est tout ce que vous en pensez ? »

Jacawen demeura un instant impassible, puis il reprit la parole. « Monsieur Farber, je ne pense pas que vous m'ayez compris en fin de compte, dit-il sèchement. Je ne vous parle pas de la proposition de mariage que vous avez faite à Liraun. Tout ce que je vous ai dit revient à m'excuser pour la tension et la dysharmonie que cette histoire a dû vous causer et à vous assurer que vous n'en êtes pas responsable. Cette union entre une Cian et un Terrien n'aurait jamais dû avoir lieu, mais puisqu'il en a été ainsi, cela ne me surprend pas que Liraun soit, de toutes les femmes de Weinunach, celle à qui cela est arrivé. Celle *par qui* cela est arrivé, monsieur Farber. Voilà tout ce que je désirais vous faire savoir.

— Et qu'en est-il de mon offre de mariage ? demanda Farber, la gorge serrée.

— Il n'en est bien sûr pas question. C'est inacceptable.

— Pourquoi ?

— Parce que votre race et la mienne ne sont pas interfécondes, monsieur Farber ! dit Jacawen, avec pour la première fois une nuance de passion dans la voix. Vous ne voyez donc pas ? Un mariage entre vous et Liraun serait stérile. Un mariage qui ne produit pas d'enfants est une abomination aux yeux des Êtres de Pouvoir, c'est une offense à toute Harmonie. On n'a jamais vu chose semblable à la surface de Weinunach ! Et on ne le verra jamais ! » Une flamme s'était allumée dans son regard qui atteignait maintenant toute son intensité. Puis elle s'éteignit lentement, le laissant ébranlé. « Non, je suis désolé, monsieur Farber, dit-il. Cela ne peut être. Maintenant, je vous parle franchement, monsieur Farber, même si cela me déshonore : je serais opposé à ce mariage même s'il n'était pas impossible, je le désapprouverais, mais notre coutume veut que je ne puisse m'opposer à votre libre choix. Je n'ai cependant pas besoin de le faire : tout Weinunach s'oppose à vous et vous en empêche. C'est inacceptable. Et je ne puis dire que j'en suis désolé. »

Et voilà, pensa Farber, qui n'éprouva rien d'autre qu'un immense soulagement. Mais alors même que ce sentiment le submergeait comme une vague, une lointaine partie de lui-même qu'il ne comprenait pas interrogeait : « Vous êtes certain qu'il n'y a pas de solution ? Vous en êtes bien *sûr* ? *Aucune* solution ? » sur un ton à la fois désespéré et insistant.

Jacawen le regarda, et quelque chose de nouveau se dessina sur son visage. Du mécontentement, de l'ennui, de la malveillance, du regret — peut-être même tout cela à la fois. Et il dit : « Si, monsieur Farber, il y a une solution. Si vous le désirez, nous pouvons demander à nos Tailleurs d'ajuster votre caryotype, de le modifier pour qu'il corresponde au nôtre. Vous pourriez alors vous marier, monsieur Farber. Cela ne ferait pas de vous un Cian, physiquement parlant, mais cela affecterait votre matériel cytologique et changerait le nombre ainsi que la morphologie de vos chromosomes. Cela aurait très peu d'effet, sauf sur votre descendance. Cela changerait votre semence, monsieur Farber, oui, cela changerait votre semence. Vous comprenez ? Liraun et vous ne seriez plus stériles. Si vous la fécondiez, vos enfants seraient des Cian à part entière et il n'y aurait en eux rien de terrien. » Il sourit à Farber et son côté malveillant n'était qu'à peine dissimulé. « Alors, monsieur Farber, vous désirez que je prenne pour vous un rendez-vous auprès des Tailleurs ? Je vous assure que c'est pour vous la seule façon possible d'épouser Liraun. J'en suis tout à fait certain, monsieur Farber. Alors ? »

Farber rougissait de honte et de colère. Désireux de faire encore bonne figure, il laissa sa voix dire : « Oui.

— Ainsi donc vous souhaitez voir les Tailleurs ?

— Oui. » Plus platement, cette fois-ci.

« Excellent ! » s'écria Jacawen. Sa main coupa un faisceau lumineux. Un panneau de contrôle, compact et de facture jejun, jaillit du sol. Jacawen observa un cadran, tourna une manette, enfonça trois touches et dit quelque chose dans un dialecte trop rapide pour qu'on puisse le comprendre. Le panneau rentra dans le sol. Jacawen se tourna vers Farber. « Voilà, dit-il, vous avez rendez-vous à la Maison des Tailleurs, ici, dans la Vieille Ville, demain à 11 h 25 selon vos critères temporels. Je vous souhaite bonne chance. » Et Jacawen sourit, avec une froideur calculée, avec un mépris distant bien plus dévastateur que celui de Mordana en ce qu'il était moins automatique et qu'il frappait juste. Farber avait tenté de bluffer et il s'était fait battre à son propre jeu ; il avait été contraint d'abandonner la partie. Jacawen savait que Farber ne se rendrait jamais au rendez-vous, que le prix à payer était trop élevé, que Farber n'avait nullement l'intention de s'y rendre. Farber avait fait le fanfaron et il avait perdu la face. Jacawen savait que Farber n'aurait pas le courage d'aller jusqu'au bout.

Il avait raison. Et Farber le savait aussi.

La honte qu'éprouva Farber en sortant du bureau, ce fut sa quatrième étape.

L'après-midi touchait à sa fin quand il retrouva l'Enclave ; Farber s'arrêta au mess de la Coop pour y prendre un verre. Il trouva Dale Brody au bar, déjà bien parti dans sa soûlographie. Le vin de la Coop faisait effet plus que jamais car, après quelques minutes passées à boire en silence, Brody se pencha vers Farber et dit, d'une voix rauque et malodorante : « Tu peux baiser des bougnoules si tu veux, mais va pas te mettre dans l'idée de les épouser ! Même chez nous on se marie pas avec des bougnoules. »

Farber leva son poing puissant — comme l'aurait fait un héros de vieux films — et fit sauter deux des dents de Brody.

Ce fut la cinquième étape.

Quand Farber regagna enfin son bureau, il y trouva un message : on lui demandait de rendre visite au Dr Anthony Ferri, l'ethnologue de la Coop.

Ferri était un homme flegmatique et secret, mais sa discrétion n'était qu'un masque pour des ambitions telles que Keane avait dû en trembler plusieurs années auparavant. Il travaillait pour la Coop, mais faisait simultanément des recherches sur le terrain pour Cornell — il faisait de *vraies* recherches pour Cornell, ainsi qu'il le disait lui-même quand il était d'humeur à faire des confidences —, et tous ses rêves reposaient sur les formidables monographies qu'il publierait, sur les honneurs que cela lui vaudrait, sur les bourses, les cours à l'université et les cycles de conférences. Il voulait être célèbre, il voulait être respecté, il voulait être un géant dans son domaine. C'était là son unique passion, qui avait sublimé tout le reste. Et il était possible qu'il transformât ce rêve en réalité. C'était un esprit brillant, un trésor d'érudition monstrueux quoique spécialisé ; et il avait assez de bon sens pratique pour comprendre qu'il devait travailler comme une fourmi pendant son séjour sur « Lisle » s'il voulait venir à bout de ses ambitions. Tout cela devait être porté à son crédit. En revanche, sa personnalité était à mettre à son débit. La plupart des gens le trouvaient froid, distant, peu amical. En réalité, c'était un individu assez sociable, qui aimait sincèrement les gens quand il les remarquait. Mais il ne les remarquait que rarement : il était trop absorbé par son travail, trop hanté par le sentiment du temps qui passe sans le rapprocher pour autant de son but. Il était taciturne au point d'en être insultant. Cela tenait fondamentalement au fait qu'il n'avait rien à dire sur la plupart des choses. Mais quand il jugeait qu'un peu de communication ne pouvait que faire avancer sa carrière, et surtout quand le thème de la discussion s'inscrivait dans sa propre sphère d'expertise, il pouvait subitement se montrer affable, loquace, enthousiaste, persuasif, voire beau parleur.

Il était tout cela à la fois ce soir-là.

Il voulait que Farber travaille pour lui. Plus précisément, il voulait faire de Farber un « assistant de recherche », qu'il réunisse pour lui le type de données qu'il ne pouvait lui-même recueillir. Bien qu'il ne se montrât pas ainsi quand il expliqua la chose à Farber, Ferri était bien trop froid pour être vraiment ami avec les Cian, pour se faire accepter chez eux ; il avait essayé, avec tout l'entregent professionnel dont il était capable, et il avait été repoussé — poliment, comme savent le faire les Cian, mais définitivement. Cela signifiait que certaines portes lui étaient à tout jamais fermées à Shasine. Mais Farber était déjà très intime avec une Cian et si, comme on le prétendait, il allait l'épouser, il aurait la chance de pénétrer un peu plus la société cian. Ferri vit que cela déplaisait à Farber et se hâta de reconnaître que cela ne le regardait en rien qu'il épousât ou non Liraun, mais si c'était le cas, *si* c'était le cas, le travail qu'on lui demandait ne serait pas très compliqué, ainsi que le lui expliqua Ferri : il lui faudrait seulement garder les yeux grands ouverts, enregistrer discrètement des conversations — sur ce, Ferri lui présenta un bracelet contenant un enregistreur miniaturisé — et lui transmettre les données par télémétrie. Rien que des données brutes : il n'aurait pas à essayer d'analyser ou de tirer des conclusions. Ferri et ses ordinateurs sémantiques et anthropologiques y veilleraient. Mais seul Farber pouvait lui transmettre des données.

« Joe, écoutez-moi, le pressa Ferri. Vous êtes nouveau ici. Vous ne vous rendez pas compte à quel point cette société est *discrète*. En surface, elle paraît ouverte et détendue, tout le monde est gentil et poli, il n'y a pratiquement pas de stress comparé à une société terrienne comme la Russie ou l'Amérique, il n'y a que très peu de névroses, le suicide est relativement rare, les maladies dues au stress sont peu fréquentes et les maladies psychosomatiques quasiment inconnues. Mais ils ont l'obsession de la vie privée. C'est une chose sacro-sainte, ils ne veulent pas en parler et ne nous autoriseraient pas à nous y intéresser. Nous sommes ici depuis plus d'une décennie et nous ne savons toujours rien d'eux, en dehors de ce qu'ils nous laissent voir. Rien du tout ! Nous n'avons même pas pu faire passer un examen physique à un Cian et encore moins en disséquer un. Joe, il *faut* que vous coopériez.

— Je ne sais pas, dit Farber.

— Je peux payer pour votre aide sur le budget de Cornell. Grassement, même.

— Ce n'est pas cela.

— C'est quoi alors ?

— Eh bien, je ne sais pas trop si j'ai envie de faire ça. Je ne crois pas, non.

— Joe, vous vous rendez compte que ce monde nous pose infiniment plus de questions que nous n'avons de réponses ? » dit Ferri comme s'il n'avait pas entendu Farber, comme si la possibilité d'une réponse négative n'existait même pas. « Tenez, une chose. J'aimerais bien savoir comment les Tailleurs vont s'y prendre pour modifier votre caryotype. Ils vont ouvrir chacune des cellules de votre corps et bricoler vos chromosomes avec leurs petits marteaux et leurs petits tournevis, c'est ça ? Mais oui… Ah, qui sait ? On dit que leur science de la génétique est la plus sophistiquée qui soit et que c'est là-dessus que repose leur commerce interstellaire… C'est extraordinairement frustrant que de tenter d'imaginer le niveau technologique de cette société. D'après ce que je sais, les Cian ont la capacité de pratiquer le vol spatial, et ce depuis des milliers d'années, s'ils se donnaient seulement la peine d'orienter dans ce sens leur technologie. Mais ils ne le veulent pas : cela ne les intéresse pas. Bon sang, il n'y a rien qui colle avec eux. Regardez leur mode de vie primitif, leurs chariots tirés par des bêtes, tout cela. Ils pourraient faire autrement ! La technologie est là, disponible depuis plus d'un millier d'années selon eux, mais ils n'y font pas appel. Ils ont des moyens de communication de masse très efficaces et des transports à grande vitesse, mais ils y recourent très rarement ; la plupart du temps, ils préfèrent marcher et il n'y a pas de système de téléphone public dans tout Aei, à l'exception du nôtre, dans l'Enclave. Quel genre de développement culturel produit une technologie comme celle-ci ? » Il s'arrêta pour s'éponger le visage et regarda fixement Farber.

« Je l'ignore », dit doucement ce dernier. Il savait qu'il était inutile de tenter d'arrêter le flot de paroles de Ferri. Il fallait seulement attendre patiemment qu'il se réduise de lui-même — on ne pouvait rien faire d'autre.

« Eh oui, vous l'ignorez ! dit Ferri assez nerveusement en s'épongeant à nouveau le visage. Et tout le monde fait de même. On n'a jamais rien vu de tel dans l'histoire de la Terre. En dehors des Luddites et consorts et de quelques adeptes du retour à la nature, on n'a jamais vu de société humaine disposer de tous les gadgets et de tous les bienfaits d'une technologie avancée et ne pas avoir envie d'en profiter — et je pense que l'on n'en verra jamais. La vie simple, le bon sauvage, tout ce fatras, c'est de la foutaise. Les peuples primitifs se jettent sur les bienfaits de la civilisation technologique, même s'ils leur sont nocifs à long terme, même si les méthodes modernes ne fonctionnent pas aussi bien que les méthodes primitives : prenez l'exemple des Esquimaux ! Vous savez comment les maintenir dans leurs igloos, vous ? Dès l'instant où ils ont vu un centre commercial, adieu Amundsen et compagnie !

— Les Cian ne sont pas des Esquimaux, dit Farber.

— Tout juste ! s'écria Ferri sur un drôle de ton. Vous avez mis dans le mille, mon vieux. Les Cian ne sont pas des Esquimaux. Pourtant nous agissons comme si c'en étaient. Les Cian sont dangereux parce qu'ils paraissent si terriblement humains par rapport à tous les autres aliens que nous avons rencontrés que nous avons tendance à les considérer comme tels, des hommes vêtus un peu bizarrement, voilà — pourtant ils ne sont pas humains, et les traiter ainsi est à la fois dangereux et insidieux. Ce sont des extraterrestres, avec des processus de pensée extraterrestres très différents des nôtres sous une apparence superficielle des plus séduisantes. C'est vrai, nous nous ressemblons sur certains points, mais nous ferions mieux de les considérer comme des animaux ou même des monstres plutôt que de faire semblant de les croire semblables à nous.

— Ils sont assez humains pour que l'on puisse coucher avec, lança Farber sans réfléchir — et il rougit jusqu'aux oreilles.

— Ah, le sexe ! se moqua Ferri. On peut les *tringler*, et alors ? Sur Terre, les gens baisent des chèvres, des moutons, des chiens, des chevaux, des vaches… Vous croyez que parce qu'on peut coincer une vache contre un arbre et se la taper, ça la rend humaine ? Vous êtes aussi idiots que ces types de la Coop. Chaque jour, je les vois jouer davantage leur rôle d'agents de la Compagnie des Indes orientales, comme si les Cian n'étaient qu'une horde d'indigènes hirsutes ! Je n'ai pas raison ? Ils les traitent de "bougnoules", même ceux qui n'appelleraient jamais ainsi un Noir. Et même les Noirs les appellent comme ça ! Seigneur, c'est du colonialisme, voilà ce que c'est ! Nous sommes en plein fantasme, nous nous disons que la Terre est une puissance coloniale et que les Cian sont des sauvages arriérés à qui nous apportons les bienfaits de la civilisation. Mais les Cian ne sont pas un peuple arriéré, malgré leurs charrettes, leurs artisans et toute leur splendeur barbare — ils appartenaient à l'Alliance commerciale un millier d'années avant que nous ne montrions le bout de notre nez, et les Enye, en tout cas, pensent plus de bien d'eux que de nous. Malgré cela, nous traitons avec eux comme s'il s'agissait d'indigènes indiens ou africains du XIXe siècle et nous les qualifions de “bougnoules”. Tout cela parce que nous croyons les connaître, mais nous ne savons rien d'eux. Je ne sais rien d'eux. Et vous ne savez rien d'eux.

— J'en sais peut-être un peu plus que les autres, dit doucement Farber, avec une certaine suffisance toutefois.

— Peut-être que non. Ils n'ont même pas la même conception du temps que nous. Ils ne considèrent pas le flux temporel comme une chose linéaire. Les verbes de leur langue n'ont pas de temps, rien que des aspects, des formes de valeur. Comme les Hopis. On peut dire “déjeuner attendu” ou “déjeuner rappelé”, mais pas “Il a déjeuné” ou “Il va déjeuner”. Pour l'amour du Ciel, ce ne sont pas des types comme nous qui devraient traiter avec eux. Nous sommes complètement à côté de la plaque. Ils auraient dû envoyer des Asiatiques, des Amérindiens, des Polynésiens, des Esquimaux, voire des Bushmen ou des Aborigènes — des gens qui auraient au moins *une* chance de comprendre les Cian !

— Vous savez quelle est la situation politique, dit Farber en haussant les épaules.

— Oh oui. » Ferri se tut et ne reprit qu'au bout d'un moment. « Les femmes jouent un rôle très étrange dans cette société. Vous vivez avec l'une d'elles, vous allez peut-être même l'épouser ! Vous ne voulez donc pas les connaître ? Vous ne voulez pas avoir la chance de découvrir les motivations de votre propre femme ? Moi, je ne les comprends pas. Et vous non plus. Les femmes célibataires sont la *propriété* du père. Les femmes mariées, dans un premier temps tout au moins, sont la propriété de leur mari. Elles n'ont pas de statut et pratiquement pas de droits. Une société patriarcale typique. Mais il n'en va pas toujours ainsi — d'une certaine façon, certaines femmes modifient leur statut et s'élèvent très haut ; elles régissent tout alors et sont même adorées. Pourquoi ? Je n'en sais rien. Mais ce que je sais, c'est qu'une femme change de nom de famille au moins trois fois dans sa vie. Le nom de votre femme est Jé Genawen, me semble-t-il. C'est bien cela ? Cela veut dire à peu près "qui appartient à Genawen", son père. Si elle vous épouse, son nom se transformera en Jé Farber, que vous le vouliez ou non : "qui appartient à Farber". Et si elle change de statut, peu importe comment, elle deviendra "qui appartient à…", quel que soit le nom de la Première Ancêtre femelle de sa lignée. Pourquoi toute cette comédie ? Je n'en sais fichtrement rien, mais vous pouvez m'aider à comprendre. » Il posa la main sur le bras de Farber avec une sincérité étudiée. « Joe, c'est la première fois qu'une Cian devient aussi intime avec un Terrien. En une décennie sinon plus. Cela ne se reproduira peut-être jamais plus. C'est pour ça que c'est aussi important. Voyez-vous, vous êtes plus à même de les comprendre que tout autre membre de la mission ! Vous devez m'aider.

— Je vais y réfléchir », dit Farber et, balayant les objections de Ferri, il se prépara à partir.

Il avait déjà franchi la sixième étape, bien qu'il ne s'en rendît pas encore compte.

Et Farber passa une autre interminable nuit.

7

Le lendemain matin, Farber se leva très tôt et, poussé par quelque obscur instinct, endossa son plus beau costume. Couchée dans le grand lit, Liraun le regardait ; elle le suivit des yeux quand il se déplaça dans l'appartement. Elle ne se leva pas pour lui préparer le petit déjeuner, ainsi qu'elle le faisait habituellement ; et il ne le lui demanda pas. Elle ne parla pas. Son expression était indéchiffrable. Farber était muet, lui aussi ; il finit de s'habiller aussi vite qu'il put, bien qu'il n'eût aucune raison de se dépêcher — il voulait éviter son regard patient et scrutateur. Un regard qui ne le pressait pas, et c'était pour cela qu'il voulait l'éviter. La lueur rouge pâle de la Femme de Feu saignait à travers les volets, polarisant les particules de poussière de l'atmosphère et dessinant des rais de lumière sur le mur d'en face. Le mobilier terrien qui emplissait l'appartement paraissait un peu minable sous cette lumière impitoyable — c'était du plastique de série, et ça en avait bien l'air. Tout était net, précis, artificiel. Seule Liraun était réelle ici. Sans bouger ni parler, elle demeurait le centre vital et vibrant de ce lieu. L'appartement était empli de sa présence et de sa chaude odeur musquée. Elle était la circonstance atténuante, celle qui donnait toute sa valeur à cette pièce qui, sans elle, n'aurait été qu'un décor de théâtre, plat et irréel. Il mit son manteau et partit, toujours sans dire un mot.

Dehors, il faisait très froid. Farber se hâta dans les grandes rues de l'Enclave, les mains dans les poches ; ses pieds faisaient un *clic-clac* sonore et son souffle formait des volutes. Il n'y avait personne alentour. La Femme de Feu émergeait par intermittence de nuages gris rouille et la gelée blanche recouvrait tout. Les grands bâtiments de style terrien se dressaient de part et d'autre, discordantes ruches préfabriquées de verre et de plastique. Ils étaient entourés d'épais bouquets d'arbres duveteux et noirs, touche timide d'un décorateur, qui n'avaient fait que renforcer le contraste. Une créature dissimulée chantait dans le silence matinal — ou eût dit un oiseau, mais c'était un lézard. Quelques réverbères — autre touche terrestre — étaient encore allumés, pâles et inutiles devant ce ciel gris qui s'éclaircissait. Il atteignit l'immense muraille qui ceignait l'Enclave — *Que pensent-ils donc protéger ?* se demanda-t-il. *Avec un mur ?* —, passa devant le garde endormi dans sa guérite et déboucha dans Aei. Les rues passèrent de l'asphalte à la porcelaine et, comme il s'éloignait de la ligne des immeubles terriens, il vit la Vieille Ville se dresser sur sa falaise d'obsidienne, comme suspendue dans les airs.

À deux reprises, il s'arrêta pour faire demi-tour. Une fois, il revint même sur ses pas, marchant pendant plusieurs centaines de mètres en direction de l'Enclave jusqu'à ce que la honte et l'indécision l'arrêtent, lui fassent à nouveau tourner les talons et le dirigent vers son but originel. Il ne pouvait faire cela — il ne pouvait revenir lui dire qu'il avait peur et que le mariage était annulé. Elle ne pleurerait pas, elle ne lui reprocherait rien — elle accepterait la situation avec un désespoir patient, elle ne l'accuserait pas, et c'était bien *cela* qu'il ne pouvait affronter, qu'il ne pourrait supporter. S'il craquait, il ne pourrait plus jamais regarder qui que ce soit en face : Keane et sa colère méprisante, Jacawen et sa froideur distante, Kathy qui pensait qu'il lui reviendrait immanquablement. Aucun d'eux ne croyait qu'il irait jusqu'au bout et, s'il leur prouvait qu'ils avaient raison, ce serait l'ultime coup porté à sa fierté. Sans cette fierté, il était incapable de vivre. C'était la dernière et bien fine membrane qui le séparait d'un gouffre de futilité ; il ne sentait que trop bien l'abîme qui l'attendait. Il continua donc de marcher, le visage terne, mécanique comme un automate.

Il prit le funiculaire qui montait vers la Vieille Ville. Là, entouré des hauts murs de pierre et parmi les rues escarpées, il conçut avec encore plus d'acuité l'énormité de ce qu'il allait faire. Il trouva une petite terrasse au pied d'une ruelle qui serpentait et demeura là pendant près d'une heure à contempler les paysages extraterrestres en contrebas. Dans la Ville nouvelle d'Aei, l'Aome semblait un serpent aux écailles d'argent — il n'avait pas encore gelé, mais il était certain qu'il ne resterait pas longtemps dégagé. Il lança un caillou en direction du fleuve et s'étonna de voir avec quelle vitesse il disparaissait dans l'eau. Perdu, perdu. *Tu dois être devenu dingue*, se dit-il. *Tu dois être devenu dingue pour penser à faire une chose pareille. Cela n'en vaut pas la peine, rien n'en vaut la peine.* Il tremblait, la gorge sèche. Sa peau lui parut chaude au toucher. Il se remit à marcher et, au bout d'un instant, il constata avec horreur qu'il se dirigeait vers la Maison des Tailleurs. *Je n'entrerai pas,* se dit-il, *je regarderai à l'intérieur et puis je m'en irai.* Mais il entra, comme dans un rêve. Et il constata amèrement que, en dépit de toute sa procrastination, il n'était en retard que de cinq minutes.

Jacawen *sur* Abut l'attendait. Le visage impassible, il entraîna Farber dans des couloirs bruyants, vers une pièce pleine de machines discrètes et de techniciens cian très courtois. Jacawen ne dit rien. La présence de Farber était tout ce qu'il y avait à dire. Jacawen murmura quelque chose au technicien en chef, hocha la tête en direction de Farber et s'en alla.

Le technicien adressa un sourire poli à Farber, révélant des dents humides et parfaites, et s'inclina.

Puis ils enfermèrent Farber dans leurs machines et firent ce qu'ils étaient censés faire de lui.

Quatre heures plus tard, Farber revint à lui. Il cligna des yeux et s'assit, un peu groggy. Il se trouvait sur un lit à roulettes. Sa vision était floue et sa tête lui donnait l'impression d'avoir été bourrée de coton. Il avait un goût horrible dans la bouche. Le technicien se tenait à côté de Farber : il lui adressa le même sourire poli et lui tendit un verre de liqueur très forte. Cela déclencha chez lui une quinte de toux, mais lui éclaircit l'esprit. Le technicien prit le pouls de Farber, regarda dans ses yeux, apposa une machine tubulaire contre son bras et lut le résultat sur un cadran, puis il dit à Farber qu'il pouvait s'en aller.

Et Farber se retrouva dehors, à déambuler dans les rues de la Vieille Ville d'Aei. Il ne cessait de regarder ses mains, de les retourner en tous sens. Il pressait ses paumes contre ses joues pour éprouver la chaleur et la solidité de sa chair. Il se pinçait, enfonçait ses ongles dans sa peau. Tout avait l'air semblable, mais non : l'inconnu flottait en lui à présent et se tapissait dans sa semence. Stupidement, il ne cessait de se répéter cette chose effrayante :

Il n'était plus humain.

8

Joseph Farber et Liraun Jé Genawen furent mariés en fin d'après-midi, sur l'Esplanade de la Terrasse, avec les tours de la Vieille Ville au-dessus d'eux et l'étendue de la Ville nouvelle à leurs pieds. La cérémonie fut courte, simple et incompréhensible pour Farber, qui ne pouvait suivre ce dialecte. Le vent glacial qui balayait l'Esplanade venait les fouetter. La voix aigrelette de l'Ancien, le Chanteur, ou *twizan*, disparaissait dans le vent avant de s'imposer à nouveau avec obstination. Il affrontait le vent comme un rocher millénaire, si vieux avec ses cheveux blancs et sa bouche édentée. Son regard brillant ne montrait en rien qu'il trouvait cette union inhabituelle, même si cela ne s'était jamais produit dans l'histoire de sa race. Aucun Terrien n'était présent. Jacawen était là, il se tenait un peu à l'écart, l'air froid et désapprobateur. Genawen *sur* Abut, le père de Liraun, était également venu. C'était un gros vieillard, de bonne nature, avec d'énormes seins pendants et une grosse barbe broussailleuse. Il prenait modèle sur son demi-frère, Jacawen, et paraissait sombre, mais il oubliait parfois de le faire et un grand sourire éclairait alors son visage — il avait craint que sa fille ne se mariât jamais et il était heureux de la voir convoler, fût-ce avec un *étranger*. Plusieurs autres hommes étaient là, mais il n'y avait aucune femme. Cela étonna un peu Farber, mais il était trop engourdi pour poser la question. Il consacrait toute son énergie à faire bonne figure pour Liraun. La jeune femme était radieuse — il n'y avait pas d'autre mot pour la qualifier. À plusieurs reprises Farber crut voir quelque chose étinceler, et il se retourna et constata que c'était tout simplement Liraun. L'éclat de son sourire se reflétait chez chacun, même chez le sombre Jacawen. Quand la cérémonie fut achevée, la Femme de Feu creva les nuages à l'horizon et le monde se révéla. On pouvait voir jusqu'à la côte Nord à présent, à des kilomètres de là, la masse scintillante de la mer Aînée, les dunes, les champs bien entretenus et les vergers de Shasine, la Femme de Feu qui envoyait ses dards d'ambre un peu pâle vers le paysage. Liraun se tourna vers lui et plaça les mains dans les siennes.

Elle s'appelait Liraun Jé Farber désormais.

9

Ils passèrent leur nuit de noces dans l'appartement de Farber, et ce fut leur dernière nuit en cet endroit. Il alla se coucher ivre et se réveilla dégrisé mais en sueur : il commençait à comprendre pleinement ce qu'il avait fait. Paniqué, il se redressa dans le lit et voulut en sortir. Le contact de ses pieds chauds et humides sur le carrelage lui donna la nausée ; cela l'arrêta en plein mouvement comme si sa chair s'était congelée et il resta longuement assis au bord du lit, le dos voûté, dégoulinant de sueur. Ses pensées retournaient en tous sens la situation pour trouver une issue. Il n'y en avait aucune. Il n'y avait pas d'alternative. Il était trop tard. Le caractère définitif de son acte était aussi froid et désagréable dans son estomac que le vin aigrelet de la veille. Il s'allongea à nouveau. Il se blottit fébrilement contre Liraun pour se rendormir, se réveilla plus d'une fois durant cette nuit, immobile, le regard perdu dans l'obscurité, à l'écoute des petits bruits de son appartement. C'étaient tous des sons froids, artificiels, des cliquetis et des tic-tac stériles. L'horloge, le réverbère dans la rue, le thermostat, le filtre à air — rien que des choses mortes. Ils étaient assez puissants pour empêcher les bruits de l'extérieur, les bruits vivants, d'atteindre ses oreilles. Chaque fois qu'il se réveillait et écoutait, ils lui paraissaient plus sonores, plus nets, jusqu'à ce qu'il eût l'impression d'être enfermé dans le sein mécanique et glacé d'une créature indifférente et inerte — il était déjà mort avant d'être né : un fœtus de pierre. Il roula sur le côté et tenta de se concentrer sur la respiration de Liraun, opposant son chaud ronronnement au murmure trop précis des choses mécaniques. Au bout d'un moment, il s'endormit.

Raymond Keane l'appela ce matin-là ainsi qu'il l'avait promis. Farber se sentait un peu mieux, il avait les idées claires et était calme comme on peut l'être quand on s'est engagé de façon irrémédiable. La résignation était proche du soulagement après une longue période de doute et d'indécision. Il regarda sans crainte le visage rougeoyant de Keane apparaître sur l'écran du visiophone — la veille, il avait épuisé toute son appréhension. En fait, il était presque amusé : Keane avait l'air réellement furieux. Farber avait pratiquement coupé le volume, mais la voix du zélateur vieillissant de l'hologramme lui agressait toujours les oreilles. Le directeur n'avait rien de cordial aujourd'hui. Une fois de plus, Keane fit la démonstration de son incompétence profonde en bombardant Farber d'insultes et de menaces, déployant toute sa hargne et se livrant à des attaques personnelles comme ne l'aurait jamais fait un administrateur digne de ce nom. Quelle que fût la provocation. C'était tout à fait évocateur de son manque de sang-froid et cela ébranlait l'image de toute-puissance impartiale que des hommes de la position de Keane se devaient de cultiver. Encore un imbécile, se dit Farber. Je me demande si nous ne le sommes pas tous. Un instant il vit les Terriens, snobs et arrogants, tels qu'ils devaient apparaître aux yeux des Cian. Ce ne fut pas une pensée flatteuse. Il était conscient que Liraun se tenait quelque part derrière lui, hors du champ de vision du cube à hologramme. Elle ne faisait aucun bruit.

Le point essentiel de la tirade de Keane était le suivant :

expulsion de la communauté des Terriens. Farber avait osé franchir la ligne que Keane avait tracée et, pour cela, il serait châtié. Cela ne surprit en rien Farber, même si l'idée de « châtiment » était plutôt disproportionnée. Farber n'avait violé aucune loi terrienne — en fait, les lois correspondant à ce genre de situation n'existaient pas encore —, mais uniquement les directives de la Coopérative. Dans certaines circonstances, Keane disposait sur les Terriens d'un pouvoir judiciaire extrêmement limité. Il ne pouvait poursuivre Farber. Il ne pouvait non plus l'exiler loin de la Terre ; en tant que Terrien, il avait pleinement le droit de revenir sur Terre en cas de destitution, même si cela devait prendre des années. Keane ne pouvait pas non plus refuser à Farber un petit salaire régulier. La loi, initiée par une politique sociale, insistait sur ce point pour que la menace du licenciement par la Coopérative — et l'abandon possible du licencié dans une société étrangère — ne devienne pas une arme imparable. En revanche, Keane avait le pouvoir de régler les opérations de la Coopérative sur « Lisle » et il pouvait empêcher Farber d'utiliser les installations de la Coop. Comme cela incluait l'Enclave et la plupart des établissements terriens sur cette planète, c'était assez pour causer des ennuis à Farber.

Effectivement, cela le séparait de tous les siens.

Il devenait véritablement un expatrié.

« … traître à votre race », répliqua Keane d'un air dégoûté quand Farber finit par lui dire d'aller se faire foutre.

Sans la moindre cérémonie, ils quittèrent l'Enclave.

Et l'après-midi même, ils emménagèrent dans la Vieille Ville.

En tant que membre des Mille Familles, Liraun jouissait du privilège d'habiter la Vieille Ville ; il en allait de même pour Farber, dont le mariage l'avait assimilé à sa race. Il aurait préféré s'en passer et vivre dans la Ville nouvelle, qu'il trouvait bien plus agréable, mais Liraun refusait obstinément de céder sur ce point. Trop épuisé pour entamer une discussion, Farber céda.

Ils s'installèrent dans la maison même que Liraun avait quittée pour aller vivre chez Farber : personne ne l'avait habitée ni réclamée pendant toutes ces semaines où elle était allée vivre à l'Enclave — il faut dire que la pression de la population était infime dans tout Aei et nulle dans la Vieille Ville. La maison se situait derrière la colline aux Cerfs-volants, un peu en surplomb, le long d'une large rue pavée connue sous le nom de Rangée. Édifié dans l'un des styles architecturaux dominants de la Vieille Ville, c'était un bâtiment oblong de roche noire à toit d'ardoise, étroit à la base, constitué de trois grandes pièces empilées l'une sur l'autre, reliées par des escaliers et des échelles, la pièce du haut servant principalement au rangement. La maison était déjà meublée et le déménagement fut des plus simples : il leur suffit de rapporter quelques objets personnels ainsi que leurs vêtements, de les ranger et de nettoyer les lieux. En moins de deux heures, cela fut terminé.

Le lendemain matin, Liraun reprit son ancien emploi, un travail sur une machine dans un atelier de précision de la rue des Artisans, près de la Tour froide, dans la Ville nouvelle. On eût dit qu'elle n'était jamais partie. Bien entendu, personne ne fit de commentaire sur son absence et, à l'exception d'un ou deux mots de politesse pour saluer son retour, personne ne dit rien.

Farber resta seul dans la maison.

Et il éprouva la désagréable sensation que tout était allé trop vite.

L'après-midi, il erra sans but dans la Vieille Ville et explora les quartiers adjacents qui formaient des spirales toujours plus larges. Sur la colline aux Cerfs-volants, il trouva justement un groupe d'enfants cian qui faisaient voler un énorme cerf-volant noir et orange ; pour son œil de Terrien, le jouet ressemblait à un dragon, mais tout aussi bien à un calamar, un serpent ou une méduse. En dehors des cris aigus des enfants, du claquement occasionnel du cerf-volant quand le vent s'y engouffrait ou du bourdonnement discret — presque subliminal — du vent qui soufflait en permanence sur la Vieille ville, il n'y avait aucun bruit. Aucun bruit, non, et une fois qu'il eut laissé les enfants derrière lui, personne, absolument personne. Aucun mouvement, aucune vie ; seuls la roche noire, les rues étroites qui serpentaient, les maisons fermées, le gémissement du vent — comme un décor planté dans le désert, une ville fantôme, terrible et désolée.

L'atmosphère était moins sinistre sur la Terrasse, moins renfermée et moins propre à la claustrophobie ; il y avait là plus de monde, et une impression agréable d'espace, d'ouverture jusqu'à l'horizon, avec la Ville nouvelle qui s'étalait juste en dessous. Il longea l'Esplanade pendant un bon kilomètre puis, au carrefour qu'elle forme avec la Promenade d'Hiver — une volée de marches si raide qu'on eût dit une échelle pour disparaître ensuite dans les quartiers les plus secrets de la Vieille Ville —, il trouva ce qui lui parut être un musée. En tout cas, la porte en était grande ouverte — la seule porte ouverte qu'il eût vue de tout l'après-midi — et de petits groupes de Cian entraient et sortaient selon leur gré ; à l'intérieur, le bâtiment était poussiéreux et mal éclairé, encombré d'objets de toutes sortes, certains empilés sur des tables plus ou moins hautes, d'autres posés sur le sol ou le long des murs, d'autres encore alignés sur des sortes d'étagères ou même sur des marches d'escaliers suspendues au plafond. Il n'y avait ni gardiens, ni vendeur de billets, ni guides, ni vitrines, ni explications — et les objets ne semblaient pas avoir été rangés selon un ordre logique ou esthétique, mais simplement posés là où il y avait de la place. Apparemment, on pouvait rester aussi longtemps qu'on le souhaitait, partir ou entrer librement ; personne ne semblait responsable du lieu, il n'y avait ni vigiles ni personnel d'entretien, et Farber se demanda si l'endroit était également ouvert toute la nuit — si, en fait, il fermait à un moment ou à un autre. Les Cian se promenaient dans la bâtisse, prenaient des objets pour les observer attentivement, les reposaient soigneusement, faisaient quelques pas, et Farber se demanda si le mot *châsse* n'était pas plus proche de la vérité que *musée*, bien qu'aucun Cian ne montrât de la révérence quand il manipulait un objet.

Musée ou châsse, il y avait là des choses magnifiques : outils anciens ; cloches ; soc ; clés ; éventails peints ; pièces de monnaie ; ustensiles de cuisine en bronze verdis par les ans ; peignes en os élaborés ; chaînes rouillées ; énormes sculptures en obsidienne ; petits dieux de porcelaine ; clous ; roues de char en bois ; vases ; fragments incrustés de pierres précieuses ; costumes d'époque en brocart ; pots brisés ; instruments de musique de toutes sortes en plus ou moins bon état ; fourches ; rouleaux couverts de poésies d'antan ; vieilles briques et morceaux de pavage ; masques ; démons sculptés ; cuillères tordues ; fausses têtes monstrueuses ; plus des milliers d'autres objets qu'il n'identifiait même pas. C'était le paradis de l'archéologue, un trésor arraché à la boue et aux ordures (même si certaines choses paraissaient vraiment sans intérêt), et il se demanda si Ferri était au courant de l'existence de ce lieu — il imagina un instant, amusé, Ferri, cachant des pièces sous son manteau, des gongs qui se mettent à retentir, des gardiens invisibles qui font leur apparition d'on ne sait où pour menacer le petit ethnologue de hallebardes et de pistolets à énergie…

Dans une pièce du fond, où le seul éclairage provenait d'un rai de soleil doré et poussiéreux passant par une sorte de meurtrière, Farber trouva une armure entière faite d'une étrange cotte de mailles et placée à la verticale contre un mur. Elle tenait un épieu à deux pointes dans une main et une masse hérissée de piquants dans l'autre ; une large épée triangulaire était accrochée à la ceinture avec ce qui ressemblait à un gigantesque casse-noisettes ; les bottes, les gants et la tunique en cuir, toute d'une pièce, étaient de couleur noire tandis que la cotte de mailles était d'un argent terni ; sur la poitrine reposait une plaque de métal, noire elle aussi, décorée de visages d'enfants en argent — sereins et curieusement mélancoliques, avec des yeux orange sans paupières ; le casque était de métal argenté, surmonté d'andouillers qui s'élevaient à près d'un mètre de haut. La visière en était relevée et à l'intérieur on entrevoyait de l'os — Farber se rendit brusquement compte qu'il y avait un squelette à l'intérieur —, et le crâne apparaissait derrière la visière avec ses orbites creuses jadis emplies par des yeux. Il sentit les poils de sa nuque se hérisser et sa bouche s'assécher. Il était inquiétant de contempler ce spectre en armure et d'imaginer les siècles troublés qu'il évoquait et qui s'étiraient interminablement derrière lui comme une ombre longue et sanglante, jusqu'à l'époque — étonnamment distante et pur produit de son cerveau — où les Cian étaient des barbares guerriers, où les chefs de Shasine et les capitaines d'Aei se taillaient un empire par le feu, l'épée et le carnage, soumettant peut-être des peuplades entières aussi étrangères qu'oubliées…

Perplexe, Farber quitta le musée par une porte adjacente, également ouverte. Il se retrouva au bord de l'Esplanade et s'avança pour s'appuyer un instant à la rambarde dominant la Ville nouvelle. Il vit l'Enclave, avec ses tours de verre qui tranchaient violemment avec le reste de la ville, et il fut frappé par son aspect extraterrestre, par le côté énigmatique et étrange de ses énormes bâtiments avec leur verre noir et leurs arêtes vives, par leur allure froide et arrogante, par le caractère certainement farouche et insondable de la race de géants qui les avait édifiés.

Et Farber se rendit compte que c'était maintenant son foyer, cette froide cité de pierre qui l'entourait, et que cette enclave extraterrestre lui était désormais interdite.

En remontant vers la colline aux Cerfs-volants, dans le cœur rocheux de la Vieille Ville, il sentit le silence inquiétant de sa nouvelle demeure le submerger comme une vague, et à nouveau il frissonna.

Chaque jour, Farber restait seul à la maison, du lever au coucher du soleil.

Peu à peu, il commença à se laisser aller.

Sa déchéance était un processus lent et subtil, si imperceptible qu'on ne pouvait le remarquer d'un jour à l'autre. Lui-même n'en était certainement pas conscient, et il l'aurait nié si quelqu'un lui en avait parlé. Malgré tout, il était un peu plus léthargique chaque jour, il en faisait un peu moins. Chaque jour — très progressivement —, son esprit s'assombrissait.

S'il avait été quelqu'un d'autre — s'il avait été Ferri, par exemple, malgré tous les défauts de celui-ci —, cela ne serait pas arrivé. Un autre homme aurait tenté de maîtriser ce nouvel environnement, de l'analyser ou de se laisser assimiler ; il serait sorti et aurait trouvé des choses à faire, des manières de s'occuper l'esprit ; il se serait inventé de nouvelles passions, de nouveaux centres d'intérêt, de nouvelles tâches, de nouvelles ambitions, de nouveaux buts. Mais Farber n'était pas ainsi. Il n'était pas un autre, il était lui-même — et il se laissait aller. Il n'avait rien de stupide ni d'insensible, mais son esprit et ses dons avaient été canalisés par la spécialisation de son époque, laquelle décourageait la spontanéité, et il ne pouvait affronter une situation à laquelle aucune réponse classique ne pouvait convenir. De plus, il connaissait un grand trouble émotionnel pour avoir reçu une longue série de chocs qui avaient réduit son identité en poussière.

Il était lui-même, et il était détérioré. Il n'y avait rien à faire à cela. Il ne servait à rien d'essayer de trouver du travail — le salaire de Liraun plus les subsides de la Coop leur suffisaient amplement. Il avait parcouru la ville en tous sens jusqu'à la nausée, la Vieille Ville comme la Ville nouvelle, d'est en ouest et du nord au sud. Il restait donc chez lui, enfermé, de plus en plus fréquemment. Il restait enfermé une semaine et ne s'en rendait compte qu'après coup quand il lui arrivait de compter les jours. Il haussait alors les épaules et souriait, puis pensait à autre chose.

Il se laissait aller.

Au bout d'un mois, il se secoua et fit un effort pour s'arracher à ce purgatoire de platitude. Il allait peindre. Il n'avait plus accès à son équipement pour fabriquer des sensas, mais les artistes créaient avec leurs mains, jadis, et il pouvait en faire autant. Il déploya donc pendant un certain temps beaucoup d'énergie, descendit jusqu'à la Ville nouvelle — la première fois depuis combien de temps ? —, contacta Ferri et obtint qu'il lui procurât des chevalets et des toiles, des couleurs et des brosses à l'intendance de la Coop, où ils étaient stockés pour les membres de l'Enclave, ceux-là mêmes dont Farber s'était moqué quelques semaines auparavant.

Avec son équipement de contrebande, il passa les trois semaines suivantes à tenter de peindre. Il échoua. Il avait fait un peu de dessin à l'école, mais rien de bien approfondi, et après avoir travaillé avec un appareil susceptible de transformer ses rêves en images, ses fantasmes en films, il n'avait pas la patience de tenter de consacrer des centaines d'heures à essayer de coordonner la main, l'œil et le pinceau. Il échoua misérablement. Il échoua abominablement. Ses couleurs étaient maladives, rances ou totalement insipides ; ses proportions étaient toutes fausses.

Ses personnages ressemblaient à des grenouilles, ses arbres à des plumeaux, scs bâtiments à des monticules d'argile non travaillée, ses montagnes à de grandes masses glaireuses de jaunes et de blancs d'œuf. Comme il peignait avec rage, il brisa ses chevalets, déchira ses toiles et brûla tout dans la chaudière.

Cette nuit-là, il se réveilla en pleurant à cause de rêves dont il ne se souvenait même pas.

Il sombra un peu plus encore.

L'horreur et l'isolement de sa situation le frappèrent avec une force excessive. Ils l'accablaient depuis son premier instant sur cette planète, mais maintenant qu'il était coupé de tout sentiment humain, maintenant que sa carrière était finie, ils s'abattaient sur lui de toutes leurs forces, au point que l'amour et la compagnie de Liraun ne suffisaient plus à l'en protéger. Elle avait été son soutien, son étai, mais voici qu'il lui était enlevé.

Pendant une semaine il s'éveilla en hurlant, sans savoir pourquoi.

Et puis — ce fut bien pire, horrible même —, il commença à se rappeler ses rêves.

Il rêvait souvent de l'*Alàntene*, de longs cauchemars au ralenti emplis de sons tonitruants et agressifs, de mouvements infimes de zombi, quasi imperceptibles, pleins d'horribles et léthargiques avatars de Liraun et de lui-même, intolérables parce que l'*Alàntene* était le centre du temps et que cela continuerait éternellement, ainsi que cela avait toujours été.

Il rêvait de Treuchlingen, de ses fermes, de l'odeur du foin coupé, des montagnes, de la ville blanche et poussiéreuse endormie, des toiles aux tuiles rouges, du Danube qui court entre les collines de Kelheim — puis le rêve changeait. Un tremblement de terre ! Le sol qui fume et se fissure comme frappé par un énorme sabot fendu, la terre qui s'entrouvre et qui craque, les toits bien nets qui volent en éclats et s'embrasent soudain — la Guerre ! À seulement quelques minutes de la frontière, les aiguilles d'argent qui s'abattent sur la terre, et il ne reste plus rien que la cendre et les spectres et les flaques de quartz fondu, des fantômes de cendre et les os de quartzite — une Nova ! Cet éclat de claire lumière qui déchire l'air, fait bouillonner les mers et cuit la terre à l'en rendre stérile — la météorite qui pulvérise le globe ; l'axe qui bascule et entraîne le monde dans sa chute ; la lune qui s'abat comme une vache de porcelaine qui s'est fait engrosser ; les mers qui partent à l'assaut des continents ; l'Ère glaciaire qui plonge la planète dans le silence ; le champignon qui recouvre la Terre d'un suaire de bronze rouillé — tout cela ou rien qu'une partie, nuit après nuit. Même pendant son sommeil, sa raison lui disait qu'aucune de ces choses ne risquait d'arriver, mais ses entrailles lui répétaient : Qui sait ce qui peut advenir à une Terre perdue parmi les étoiles ?, et c'étaient ses entrailles qui régissaient ses rêves. Quelque solipsisme irraisonné l'incitait à penser que la Terre ne pouvait continuer à exister sans lui ; maintenant qu'il l'avait quittée, elle ne jouissait plus de la protection qu'il lui accordait, et tous les désastres que sa force personnelle avait épargnés à la Terre ne pouvaient que *survenir*, tous en même temps. C'était ce qui se passait, dans ses rêves. Et il s'éveillait au son atroce de ses propres hurlements.

Il rêvait qu'il était éveillé, il se levait, marchait jusqu'au bas de l'escalier, et le miroir mural lui renvoyait son reflet — déformé, tordu, gluant, sa peau couverte de pustules, de croûtes, de cornes, de griffes, ses yeux de démon : un monstre.

Il rêvait que Liraun donnait naissance à un ver qui poussait des hurlements.

Il se mit à boire.

Farber n'avait jamais été hostile à l'idée de boire de

temps en temps, mais là il se mit à boire vraiment — plus que de raison au début, puis beaucoup et enfin de manière franchement abusive. Cela l'aidait ; oui, cela l'aidait vraiment. À endormir ses nerfs, à apaiser suffisamment son cerveau, et il ne se préoccupait pas de ses cauchemars. Il ne s'inquiétait plus de grand-chose. Il continuait à boire. Il commença à acheter des pilules au marché noir de l'Enclave, se justifiant chaque fois de manière superbe, puis il accompagna l'alcool de calmants, et vice versa. Il fit l'expérience des breuvages indigènes. De vins et de whiskys fermentés à partir de curieuses substances locales. Il découvrit une racine douceâtre qui ressemblait un peu à une patate douce et qui, une fois dissoute dans le vin, était encore meilleure que ses pilules. Moins onéreuse, aussi.

Maintenant, il était saoul la plupart du temps.

Et il se mit à grossir.

Grâce à une constitution de fer, il jouissait toujours d'une santé étonnante vu ce qu'il infligeait chaque jour à son corps. Mais ses mains, il s'en aperçut, présentaient désormais un léger tremblement.

Combien de temps avant qu'il ne perde son ultime chance de salut ?

Encore un peu de vin.

Au moins, se disait-il, il était un ivrogne courtois. Bien qu'il pût se montrer larmoyant quand il était noir, il ne se montra jamais grossier ou inconvenant envers Liraun. Il ne la frappait ni ne la malmenait jamais. Il ne se laissait pas aller à la méchanceté avec elle et se reprenait dès qu'il la sentait monter en lui. C'était le moins qu'il pût faire. Le moins qu'il lui dût. Elle méritait mieux qu'un alcoolique qui la frappât quand elle rentrait à la maison après avoir travaillé pour eux deux. Il ne faut pas que ça arrive ! se disait-il, avec l'impression de hurler dans un puits asséché. Liraun semblait toujours heureuse, bien qu'elle dût être déçue par son attitude — elle le traitait toujours de la même façon, le réconfortait quand il se réveillait en hurlant, lui faisait la cuisine et ignorait son état maladif. Elle encaissait tout, cette pauvre femme, se disait-il. La pauvre femme, oui.

Encore un peu de vin.

Et quelque part dans sa tête, insidieusement, le suicide envisagé pour la première fois.

Quelques jours plus tard, Liraun devint subitement renfermée, nerveuse, plutôt triste. Farber se demanda si elle n'en avait pas finalement assez de lui, et il réduisit ostensiblement l'alcool pendant près de trois jours en un effort mi-sincère et mi-contraint pour lui plaire. Mais ce fut un effort bien vain de la part de Farber : ce n'était pas son ivrognerie qui la préoccupait.

En début de soirée, le troisième jour de la semi-abstinence de Farber, elle lui dit ce qui la préoccupait vraiment. C'était le début du *weinunid*, lui expliqua-t-elle, une de ces époques qui ne surviennent que tous les quatre ans et au cours desquelles la coutume veut qu'une femme conçoive. Si Farber souhaitait « mettre en route » des enfants pour qu'ils naissent lors de la prochaine vague, il devrait la féconder dans les quatre jours à venir. Sinon il faudrait attendre quatre ans le début de la prochaine vague, et elle devrait alors concevoir qu'elle le veuille ou non — selon la coutume, quatre années étaient la durée maximum pendant laquelle un couple pouvait demeurer sans enfants. La plupart des couples attendaient ce maximum de quatre ans. Mais la coutume voulait aussi que la décision revînt à Farber : il pouvait la faire concevoir dès maintenant, s'il le souhaitait.

Tout cela fut expliqué d'une voix hésitante, comme à contrecœur, comme si chaque mot devait être arraché à sa bouche. Le tabou était puissant, qui interdisait de discuter de problèmes personnels — même avec son mari, apparemment, ou parce qu'il était terrien ? La plupart du temps, on résolvait le problème en utilisant un langage plus détourné, plus symbolique ; quand des mots non déguisés étaient nécessaires, comme à présent, la tension nerveuse suffisait à rendre timide une femme normalement loquace.

Mais cette fois-ci, il y avait autre chose qui n'allait pas Il l'observa attentivement. Elle était à la fois nerveuse et sinistre. Elle se tenait bien raide, les pieds serrés l'un contre l'autre. Elle fermait à demi les yeux et un muscle de sa mâchoire était tendu. Quelques gouttes de sueur perlaient sur son front. Elle essayait toujours, maladroitement, de lui parler du *weinunid.*

C'est donc ça, comprit-il brusquement. *Elle veut un enfant ! et elle sait que si je ne décide pas d'en avoir un maintenant, il lui faudra attendre encore quatre ans. Et, bien entendu, il irait à l'encontre de la coutume d'essayer d'influencer ma décision. C'est la raison de ce silence pesant. Elle veut un enfant.*

Il la regarda fixement en attendant que cette idée fasse son chemin en lui.

Et quand cela se produisit, sa première réaction fut : *Pourquoi pas, après tout ?* Elle devait avoir quelque chose bien à elle. Car Dieu sait qu'elle avait si peu de lui ces jours-ci. Si elle le désirait vraiment, pourquoi ne pas lui faire plaisir ? Il lui devait bien cela, et plus encore, à elle qui supportait le pauvre imbécile qu'il était. Et puis cela la fixerait un peu. Cela fixerait les choses autour d'eux. Même lui ? Eh bien… s'il allait mieux, ils auraient une famille, et s'il allait plus mal, le bébé lui serait au moins d'un quelconque réconfort.

« Liraun, aimerais-tu avoir un enfant ? » demanda-t-il avec beaucoup de précautions.

Elle devint livide.

« Mon mari, répondit-elle après un long temps d'hésitation, à l'*Alàntene*, te souviens-tu d'un groupe d'Anciens, au bout de la plage, des *twizan* qui parlaient au lieu de danser ou de chanter ?

— Oui.

— Ces *twizan* jouaient l'histoire de la Première Femme. Voici, en des termes différents, quelle est cette histoire. » Elle prit une pose et commença, d'une voix quelque peu différente : « Aux Premiers Jours, avant que le monde ne fût terminé, et avant que l'Harmonie ne fût établie, il n'y avait aucune vie sur la terre ferme. Tous les êtres qui vivaient alors habitaient la mer Aînée. Parmi eux se trouvaient les Ancêtres, car à cette époque les Ancêtres se trouvaient encore dans le Sein de la Mer, car le monde n'en était pas encore issu, et le temps n'avait pas commencé. Les Ancêtres allaient et venaient dans le Sein de la Mer, et dans leur fierté ils se donnaient le nom de Seigneurs de Toutes Choses, car ils étaient ignorants et pensaient que le Sein était déjà le Monde-à-Être. Et ils nommèrent le Sein le Monde-qui-Est, et s'en nommèrent eux-mêmes les maîtres. C'était une offense à l'encontre de l'Harmonie future. Alors, en percevant cela, le Premier Très-Haut envoya d'au-delà de l'espace l'Affliction aux Ancêtres. Elle le frappa, et le châtiment fut ainsi : que le Sein de la Mer, le Sein-Qui-Était-l'Océan, fût saccagé et souillé, et que les Ancêtres fussent tués, tous autant qu'ils étaient, sauf deux. Les ossements des Ancêtres morts furent enfouis dans le Lieu de l'Affliction, au fond de la mer Aînée, et les deux qui furent épargnés furent rejetés, nus, sur la terre ferme parce que le Sein ne pouvait plus les contenir. Ce furent le Premier Homme et la Première Femme. Ils se trouvaient dans un désert nu et aride, et rien ne se mouvait dans le Monde entier, bien que le temps eût commencé, parce que la terre ne pouvait faire surgir la vie. En voyant cela, la Première Femme sut ce qu'elle devait faire et dit : "Je donnerai une part de moi-même et infuserai dans le Monde la vie de mon sang." Alors le

Premier Homme prit le sang de la Première Femme, et avec lui il fit les claires rivières qui parcourent la terre et les étangs qui sommeillent dans la terre. Et il prit l'excrément de la Première Femme, et avec lui il fit l'Humus fertile qui recouvre le sol et est la maison de la vie, et avec les cheveux de la Première Femme il fit toutes les plantes et tous les arbres qui poussent dans le Monde et croissent dans l'Humus fertile. Puis le Premier Homme rompit en plusieurs morceaux le corps de la Première Femme, et elle poussa des cris de douleur, mais il sculpta les parties de son corps comme s'il s'agissait d'argile, et avec eux il fit toutes les bêtes qui parcourent le Monde, et tous les Êtres qui vivent sur l'Humus fertile. Mais le cri de douleur de la Première Femme se brisa et se dispersa en quatre éclats qui devinrent les quatre vents qui soufflent à tout jamais sur le Monde en quête d'une cessation de la douleur qui ne s'y trouve pourtant pas. Et ainsi il a toujours été du devoir des descendantes de la Première Femme de remplir de nouveau le monde de leur corps et de faire jaillir d'elles la vie dans la douleur. »

Liraun s'arrêta de parler. Ainsi donc, apparemment, c'était cela.

Farber faillit en rire.

Il l'avait une fois de plus incitée à utiliser son langage « détourné et symbolique » et elle avait réagi. Il n'avait pas compris grand-chose à son discours, en dehors du fait qu'elle considérait comme une mission divine la décision de porter des enfants. Et il supposa ainsi qu'elle répondait par l'affirmative à sa première question.

Liraun le regardait avec beaucoup d'intensité.

« Ma femme », lui dit-il avec beaucoup de sérieux et en affrontant son regard, « j'ai décidé que le temps était venu que tu conçoives et portes nos enfants. »

Les yeux de Liraun se firent opaques.

« Je t'entends, mon mari », dit-elle machinalement. Il y

eut un long silence, assez long pour qu'il se demande si elle s'était évanouie ou endormie debout, les yeux grands ouverts. L'expression de son visage était indéchiffrable. Mais finalement, d'une voix qui débuta par un murmure très lointain avant de s'élever lentement pour devenir audible, une voix si tremblante d'émotion qu'elle eût pu se briser en deux, une voix douloureuse comme celle d'un être qu'on torture et à qui l'on arrache chaque mot, elle dit : « Mon mari — *oh, mon mari, j'ai peur !* »

Farber la prit dans ses bras et la retint jusqu'à ce qu'il sentît une partie de sa tension nerveuse délaisser son corps, lequel s'affaissa quelque peu sous son étreinte. Puis il dit : « Tu n'as pas à avoir peur. » Et, très doucement : « Tu es une femme ; cela te serait arrivé, quel que soit le temps que tu aurais attendu. Tu ne dois pas avoir peur.

— Je t'entends », répéta Liraun comme dans un rituel. Elle s'écarta de lui. « Maintenant, laisse-moi seule un instant », dit-elle d'un air las. Elle se retira lentement dans une autre partie de la maison.

Il ne la revit pas de la soirée.

Lorsque fut venu le moment de se coucher, Liraun semblait s'être un peu reprise.

Elle sortit de la pièce du haut, lui adressa un regard mi-défiant et mi-plaintif alors qu'il se lavait à la cuvette, fit passer sans dire un mot sa tunique par-dessus sa tête, puis s'allongea nue sur le lit, devant lui, l'invitant de ses yeux, de sa bouche et de ses jambes entrouvertes. Elle tremblait avant même qu'il la touchât, et quand il se coucha sur elle, la peau au contact de la peau tout au long de leur corps, une petite contraction musculaire la parcourut comme s'ils étaient deux aimants qui se rejoignent.

Leurs ébats amoureux cette nuit-là furent plus violents qu'ils n'avaient jamais été, sorte de combat désespéré où il n'y avait de place ni pour le loisir ni pour la tendresse

— ce fut plutôt un ensemble de sons rauques, de corps éreintés, dc mains brutales. Elle semblait vouloir l'éventrer et il lui fallut user de toutes ses forces pour l'en empêcher. Au matin il se retrouvera blessé et meurtri en une douzaine d'endroits, ses flancs et ses fesses endoloris par ses genoux et ses talons. Pendant une semaine elle portera sur son corps la marque des doigts de son mari. Il lui arriva même de faire une chose qu'elle n'avait jamais osée auparavant — au plus fort de sa passion, elle le mordit à l'épaule à l'en faire saigner. L'instant suivant, elle se retrouva sur lui, le chevauchant comme un succube, comme une créature démente, la tête rejetée en arrière, tous muscles bandés des flancs à la mâchoire.

Quand il jouit, il sentit sa semence se frayer un chemin en elle, atteindre son but.

Ensuite, elle l'assura qu'elle avait conçu.

10

A la fin du mois, Liraun se rendit à la Maison des Tailleurs pour y passer des examens. C'était un processus infiniment plus complexe qu'un simple test de grossesse, et Farber n'y comprit pas grand-chose. Les examens étaient entremêlés de tout un fatras de rituels et de symbolismes que Liraun n'avait pas envie d'expliquer. Pendant trois jours, elle avait jeûné et pratiqué l'abstinence la plus totale, dormant seule près du foyer sur une couche dure. Et bien qu'elle continuât à faire le ménage et la cuisine pour son mari, elle refusait de le toucher, ou même de l'approcher, et elle ne lui parlait presque pas. Farber la harcela jusqu'à ce qu'il comprît que son splendide isolement ne pouvait être rompu ; il se soumit alors à cette situation nouvelle avec toute la bonne grâce dont il était capable. Il passait ses soirées attelé à sa correspondance, rédigeant d'innombrables lettres qu'il n'enverrait probablement jamais. *Les choses sont différentes, ici*, écrivait-il, puis il s'arrêtait, parfois pendant des heures, les yeux fixés sur le papier, hypnotisé par l'intensité du banal et de l'inexprimable.

De l'autre côté de la pièce, sa femme ôtait des cendres chaudes du foyer, ajoutait de l'os réduit en poudre, de la poussière de charbon de bois, quelques gouttes d'un liquide visqueux et inconnu qu'elle tirait d'un flacon et mélangeait le tout pour en faire une pâte sombre et huileuse. Chaque soir elle se maquillait avec cette substance, transformant son visage en un masque de cendre tragique, la frottant sur la peau de son crâne jusqu'à ce que ses cheveux prennent une teinte gris terne, dessinant des cernes redoutables sous ses yeux. Elle ressemblait alors à un spectre sinistre et, avant d'aller se coucher, elle se chantait une étrange petite chanson d'une voix tremblotante qui paraissait vouloir éviter toute harmonie familière à l'oreille de Farber. Au réveil, elle se nettoyait le visage, mais recommençait avec des substances différentes. Là, son visage se changeait en quelque chose d'effrayant — un faciès d'insecte —, avec ses traits d'un vert terne, de bleu et de noir, ses petites taches d'un rouge assourdi. Résignation farouche, colère justifiée, extase religieuse, frénésie sexuelle — Farber était bien incapable de dire ce que son visage était censé représenter. Elle peignait aussi des cercles concentriques autour de ses mamelons, des spirales cabalistiques sur son ventre plat, des flèches stylisées qui partaient de ses aines en direction des poils de son pubis. Ses canines luisaient sur son visage pâle et brillant, et elles paraissaient brusquement si longues — c'en était choquant — qu'on eût dit des crocs. Elle restait nue toute la journée, à moitié consciente, et ne prêtait pas la moindre attention aux accès de luxure périodiques de la part de Farber.

Elle ne s'était pas lavée depuis des jours et commençait à produire une odeur doucereuse qui n'était pas entièrement désagréable.

Il ne fut pas non plus entièrement désagréable de s'éveiller dans le froid intense, comme cela se produisit pour Farber le jour de l'examen : un froid pressenti à travers les couvertures en fourrure plutôt que réellement éprouvé, et qui lui donna un avant-goût assez plaisant de l'inconfort auquel il serait soumis une fois levé. Il traîna un peu pour savourer la chaleur dans laquelle il baignait. Puis il sortit la tête des fourrures. Le froid planta ses aiguilles de verre dans ses joues et l'éveilla un peu plus.

Liraun se mouvait sans un bruit dans la pièce. Elle avait ouvert la baie basse du mur est ; cela expliquait pourquoi il faisait si froid. Par cette fenêtre, il pouvait voir un dédale de toits bas en dégradé et la neige qui tombait lourdement dessus. Il n'y avait pas de ciel, rien que de la neige — traînées après traînées, tombant avec une grâce pesante qu'on ne peut arrêter et emplissant l'air tout entier. Silencieuse, duveteuse, douce, comme une longue chute de chenilles. Elle amortissait les sons et transformait l'éclat rude de la Femme de Feu en une lumière sous-marine et diffuse. À l'occasion, la neige pénétrait par la fenêtre, tourbillonnait et dansait sur le sol de bois verni ; dessinait de nouvelles spirales pour s'évanouir à tout jamais. Certains flocons touchaient Liraun, s'accrochaient à elle et fondaient en laissant sur sa peau de petites taches humides et brillantes. Elle les ignorait. Nue, elle se dirigea vers la cuvette de pierre, brisa la couche de glace qui s'était formée sur l'eau et se mit à se laver. Ses mouvements étaient lents et délibérés et elle n'esquivait pas la gêne que lui procurait le froid. Pour la première fois depuis des jours, Farber s'en rendit compte, son visage ne portait aucun maquillage — il était serein et contemplatif. L'eau recommençait à geler et il y avait une pellicule de glace sur ses cheveux.

Farber somnolait, enveloppé dans son cocon de chaleur, et il ouvrit les yeux à temps pour voir Liraun sortir de la maison. Elle s'était fait un visage très dur, même si, cette fois, c'étaient des traînées orange et des taches jaune vif perdues dans le vert, le bleu et le noir. Il se demanda vaguement ce que les couleurs les plus vives pouvaient bien représenter. L'espoir ? Un sombre espoir, alors. Un espoir farouche et cruel, ancré dans le désespoir. Le masque de Liraun paraissait trop dur, trop tranché, pour une matinée aussi pure. Il l'appela, mollement, mais elle ne répondit pas. On eût dit une créature totalement coupée de tout à présent — mystérieuse, indépendante, hors de portée, qui se frayait un chemin dans le monde extérieur sans jamais le toucher ni être touchée par lui. Comme de l'huile sur de l'eau, songea Farber. Sans jamais se mélanger. Il ne la rappela plus. Elle était au-dessus de lui, en cet instant — ou au-delà de lui. Il se demanda s'il pouvait faire quoi que ce soit pour qu'elle lui réponde, pour qu'elle ait seulement conscience de sa présence. Et il se dit que non. Cela le rendit très triste, bien que la somnolence transformât sa douleur en une mélancolie poignante et vague. Elle s'enveloppa d'une cape grise et, sans un regard, partit dans la tempête. La porte se referma brutalement sur elle. Il se retrouvait seul dans une pièce inondée d'une lumière blanche et feutrée, comme un lac de montagne empli d'une eau claire et glacée, et il sombra doucement dans la lumière, dans le chuintement et le murmure de la neige, jusqu'à toucher le fond du lac, et là il se rendormit.

Il fut réveillé par un silence enrichi d'innombrables petits bruits naturels bien trop lointains pour être perçus. Parfois, l'un de ces bruits — des portes qui claquent en bas de la Colline, des pas, une voix — se faisait momentanément plus distinct : un son composé des innombrables petits silences qui lui permettaient de se faire entendre. La lumière du soleil, aveuglante, éclaboussait les murs et le plafond. Farber se leva et foula rapidement le sol froid pour aller à la fenêtre, enroulé dans une couverture. La tempête était terminée. Le ciel était comme à l'habitude d'un bleu sombre intense sur lequel tranchaient les toits et les tours de la Vieille Ville. Une couche de neige poudreuse de plusieurs centimètres d'épaisseur recouvrait chaque surface plane, les branches des arbres, les rebords des fenêtres et les toits. Le givre faisait scintiller toute chose et étincelait dans l'air comme d'infimes lucioles de cristal. Il faisait incroyablement froid. Farber referma la fenêtre et, en pestant, se hâta d'enfiler ses vêtements. Bon sang, qu'il faisait froid ! Il réussit à allumer un feu dans le foyer, mais il tremblait et ses doigts étaient engourdis. Comment Liraun pouvait-elle supporter cela ? Une fois encore, il se dit, un peu mal à l'aise, qu'elle était bien plus résistante que lui. L'odeur de noix et de feuilles de la fumée emplit la pièce, suivie, plus timidement, d'une grande bouffée de chaleur. Farber commença à se réchauffer. Il resta un instant près du feu, en remuant ses doigts, puis il revint vers la fenêtre. La vitre était recouverte de gelée blanche. De la main, il dégagea un espace et regarda à travers. Tout était immobile dans la Vieille Ville. Dans les rues, la neige était toujours blanche et vierge. Les fenêtres étaient protégées par leurs volets ou recouvertes de givre. La glace gainait les parois de roche noire des anciennes maisons. Le monde apparaissait comme une austère composition de noirs et de blancs, de glace, de roche sombre, de toits couronnés de neige, de ciel obscur : une photographie monochrome trop surexposée, des masses uniformes d'ombre et de lumière. Il n'y avait aucune couleur, aucun clair-obscur, aucune nuance de gris. Le Peuple glacial avait pris le pouvoir. C'étaient là son univers et sa saison, lesquels étaient régis par la Maison de Dûn : dure, glacée, silencieuse.

En frissonnant un peu, Farber se détourna de la fenêtre.

Il passa la matinée à ne rien faire. Cela n'était pas inhabituel — il ne faisait rien la plupart du temps. Il était d'ailleurs assez doué à ce petit jeu. Mais il eut honte de sa propre léthargie. Pour la première fois depuis des semaines, il trouva sa paresse inconvenante. *Tu es utile à qui en étant comme ça ?* se demanda-t-il. *Quel genre de vie est-ce là ?* Mais il n'était pas facile de se défaire de cette espèce de lassitude permanente. Il s'assit près de la fenêtre et rumina — comme incapable de s'arracher totalement à un rêve désagréable, il se sentait usé, terne et inutile — puis il écouta le silence. Parfois un des arbres laissait échapper un craquement pareil à un coup de fusil, ou bien c'était une sorte de bruit assourdi quand une branche cédait et laissait tomber sa neige dans la rue. À un moment, une nuée de lézards volants aux écailles luisantes vinrent se percher sous les avant-toits et échangèrent des trilles et des arpèges qui déchirèrent l'air glacé comme une pluie de liquide en fusion. Mais c'était surtout le silence, qui lui paraissait assez profond pour l'engloutir.

À nouveau couché, Farber fut accroché par un hameçon de sons persistants. Il l'entendait sans l'entendre depuis quelques minutes, mais maintenant il en était conscient. Lentement, ce son l'arracha aux eaux stagnantes de sa pensée. Le bruit d'un marteau de pierre sur la pierre. *Klak klak kadak. Klak!* Farber se releva, chancelant.

C'était juste devant chez lui.

Avec une certaine appréhension, il se dirigea vers la porte.

Deux Cian s'efforçaient d'ériger un monument de pierre devant sa maison. Comme Farber sortait, un des deux hommes le mettait en place grâce à un lourd marteau de pierre. *Klak! Klak! Klak!* faisait le marteau. Le bruit résonnait, terrible, dans la rue silencieuse, et des étincelles fusaient à chaque coup. Puis ils eurent fini. Les deux Cian s'écartèrent, s'essuyèrent le front, se frottèrent les mains et contemplèrent le monument d'un air satisfait. C'était une croix de Saint-André de plus d'un mètre vingt de haut, taillée dans quelque pierre laiteuse à grain fin. Un petit animal à fourrure avait été démembré et les parties de son corps attachées aux bras de la croix. La tête de l'animal était bien dressée sur le bras supérieur droit : de ses yeux aveugles couleur agate, il adressait au monde un regard plein de reproches. Du sang avait pénétré dans la pierre pâle et tachait la neige à la base de la croix.

Farber contemplait le monument avec stupéfaction.

Les deux Cian le regardaient intensément. Leur visage était déformé par un horrible ricanement qui découvrait leurs crocs luisants. Leurs mains étaient couvertes de sang.

Farber se dirigea vers eux après avoir repoussé l'envie de s'enfuir. Ce rictus grotesque était, chez les Cian, la marque d'un plaisir extrême — même s'il s'agissait d'une race fort peu démonstrative et que cette expression était rarement affichée en public. Un Terrien aurait poussé des cris et sauté de joie dans une circonstance semblable. *Je n'ai pas la moindre idée de ce que cela veut dire,* pensa mollement Farber. Malgré le froid, son esprit était toujours embrumé. Il se sentait un peu stupide et ignorait totalement ce que l'on attendait de lui dans une situation comme celle-ci. À chaque pas, ses pieds s'enfonçaient jusqu'à la cheville dans la neige. Il était écœuré par le regard vitreux de l'animal mort et par le sang qui gelait déjà en traînées luisantes. Il s'arrêta, hébété, clignant des yeux et tremblant de froid. *Qu'est-ce que je dois leur dire ?* se demanda-t-il.

« Vos souhaits soient exaucés, dit l'un des Cian, épargnant ainsi à Farber d'entamer la conversation. Vous faites un avec les Êtres de Vie, Ceux Qui Régissent la Nouvelle Terre. Puisse Leur éclat vous emplir et réchauffer vos rêves. »

Il se tut. « Merci, dit Farber.

— Vous êtes un vaisseau pour Leur lumière, dit l'autre Cian. À travers vous, Elle se réfracte pour donner naissance aux Mille Couleurs chaleureuses. Vous contribuez à créer l'harmonie dans le Lieu du Silence, le Centre immobile et immuable. »

Farber chercha la réponse correcte. « Votre lumière illumine mes ténèbres, dit-il enfin.

— *Në*, ce n'est pas de circonstance », répondit le Cian. Puis, de manière moins formelle : « Aucune obligation ici. C'est un plaisir que de proclamer votre bonheur.

— *Sa !* lança l'autre avec enthousiasme. C'est un grand moment pour vous ! Mon âme vibre en sympathie. »

Ils lui adressèrent un rictus joyeux.

Farber s'abstint de dire : « Je ne comprends pas ». Même s'il le voulait.

La cérémonie avait attiré l'attention de plusieurs voisins vivant de part et d'autre de la Rangée. Ils se rassemblèrent, au nombre de cinq ou six, et joignirent leurs propres louanges et leurs félicitations à celles des deux émissaires. Il y eut beaucoup de chuchotements et de claquements de doigts en guise d'applaudissements. Quelqu'un sortit une flasque de verre contenant une robuste liqueur locale et la fit passer de main en main. Si leurs mœurs leur avaient permis de se taper dans le dos, ils se seraient tapé dans le dos.

Farber comprit ce que cela signifiait, enfin.

Stupéfait, il buvait au milieu de cette rue étrangère avec ceux qui lui souhaitaient du bien. Les anciennes murailles noires gainées de glace se dressaient de part et d'autre ; à leur sommet, seule une étroite bande de ciel était visible, comme un fleuve bleu marine et froid qui coulait sur le monde.

Le vent se leva, qui ébouriffa la fourrure sur la tête de l'animal, de sorte que cette tête eut l'air d'acquiescer d'un air sinistre. Le monument portait une inscription que Farber ne pouvait traduire. Il l'enregistra pour l'ordinateur sémantique de Ferri.

Au bout d'un moment, chacun se retira, respectueusement, et le laissa seul.

Liraun revint à la maison une heure plus tard. Elle ne portait pas de maquillage, sa peau paraissait fraîche et lavée. Elle était vêtue d'une longue tunique vert vif, brodée de motifs jaunes et orange, mais bordée d'un épais liseré noir. Elle était de toute évidence nue en dessous. Ses longs cheveux avaient été relevés et piqués d'épingles d'obsidienne et d'argent. La tension fanatique qui la possédait depuis quelques jours s'en était allée. Elle paraissait calme et heureuse. On eût dit aussi, tandis qu'elle s'arrêtait sur le pas de la porte pour le regarder, une créature au comble de l'excitation, totalement érotique, presque sauvage, comme si elle était une femelle animale au moment du rut. Il éprouvait la chaleur qui se dégageait d'elle, il sentait l'odeur chaude et musquée de son corps. Cela s'abattait sur lui comme une vague, qui asséchait sa gorge et crispait ses cuisses.

Elle le regarda un long moment, intensément, comme si elle ne l'avait jamais vu, comme si elle tentait de se rappeler chaque trait, chaque détail de sa personne.

Et puis, lentement, elle sourit.

« Mon mari », dit-elle doucement.

Et elle referma la porte derrière elle.

Sexuellement, Liraun avait toujours été assez passive, mais cette nuit-là elle se montra agressive, insatiable et exigeante. Elle épuisa Farber, elle le poussa aux limites de l'endurance et réussit même à le mener encore plus loin. Elle était parfaitement détendue et il était inutile d'essayer de lutter contre elle. Elle semblait assez heureuse. Ses jeux et ses conversations sur l'oreiller étaient pleins d'excitation et de gaieté. Mais sous les apparences se cachait une tristesse si profonde et si intense qu'on ne pouvait que l'appeler désespoir. Avec elle, là dans le noir, avec l'expérience de ses cris lents et rythmés, des spasmes désespérés de son corps, de ses jambes qui lui coupaient le souffle, des muscles de son cou tendus comme des câbles, de sa tête rejetée violemment d'un côté puis de l'autre — comme si elle éprouvait une douleur si grande qu'elle ne pouvait trouver le repos qu'en anéantissant son cerveau —, Farber se sentait curieusement seul et dissocié, spectateur de l'apothéose douce-amère d'autrui. C'était cette inexplicable tempête de joie et de désespoir qui l'alimentait, qui l'attisait, qui, en cet instant, était plus son amant que lui-même.

Peu avant l'aube, un groupe de Gens du Crépuscule, Ceux Qui Ont de l'Influence sur les Rêves, arriva pour la Cérémonie du Nom. Le groupe était constitué d'un Ancien, un *twizan* — Farber fut bien incapable de dire si c'était le Chanteur qui les avait mariés ; même si ce n'était pas lui, il correspondait au même archétype —, de cinq jeunes femmes à divers stades de leur grossesse, l'une si grosse que le jour de sa délivrance était pratiquement venu, et d'une *soûbrae*, ou Vieille Femme. La Vieille Femme était certes âgée, plus vieille encore, pouvait-on dire, que le *twizan*. Elle donna à Farber l'impression de ne rester en vie que par un effort délibéré de sa volonté — si elle détournait son attention, ne fût-ce qu'un seul instant, de son devoir, il semblait qu'elle se transformerait en cendres et en poussière. Elle était aussi, Farber s'en rendit compte alors, la seule Cian vraiment âgée qu'il se souvenait d'avoir vue. Elle avait une tunique blanche comme neige, des yeux pareils à de la glace, un visage aussi dur que la terre gelée par l'hiver, et elle était de toute évidence la responsable de la Cérémonie du Nom. Sous sa direction taciturne, Liraun fut vêtue et maquillée d'une manière particulière, la fenêtre donnant sur l'est fut ouverte pour laisser les premiers rayons de la Femme de Feu inonder la pièce, et un feu curieusement odorant fut allumé dans l'âtre. Les Gens du Crépuscule et Liraun se réunirent autour du foyer et la cérémonie commença. Elle parut durer éternellement. Il y eut de nombreux échanges rituels entre Liraun et les femmes enceintes, surtout avec celle proche du terme, tandis que la Vieille Femme psalmodiait les réponses et que le *twizan* entonnait sur le mode mineur un chant d'une infinie tristesse. Pendant tout cela, Farber resta assis dans le coin de la pièce le plus éloigné, enveloppé d'une fourrure : il était épuisé, hirsute, le bruit et la fumée de la cérémonie le rendaient irritable. Chacun l'ignorait. Sombre et seul, il ne pouvait que regarder ces personnages qui chantaient et gesticulaient. Il se sentait prisonnier d'un mécanisme qu'il ne pouvait comprendre et qui l'entraînait vers une conclusion qu'il ne pouvait ni saisir ni imaginer.

La Vieille Femme fit circuler un certain nombre d'objets impossibles à identifier — pour Farber —, des objets qui étaient touchés et manipulés avec révérence par les participants. Les premiers rayons de l'aurore se reflétèrent sur une couronne faite d'absurdes miroirs d'argent placés sur la tête de Liraun, puis la cérémonie s'acheva. Elle n'était plus la possession de Farber. Depuis cet instant, légalement et selon une coutume très ancienne, elle n'appartenait à personne hormis à elle-même et à ses Ancêtres. Pour la première fois de son existence, elle était sa propre personne.

Elle s'appelait Liraun Jé Morrigan désormais.

11

Liraun était maintenant une Mère de Shasine, et son élévation du rang de possession à celui de membre de la plus haute caste de la société avait radicalement changé leur vie. Elle avait discuté de cela avec Farber quand « ils » avaient pour la première fois décidé d'avoir des enfants mais, comme d'habitude, la majeure partie de ce qu'elle avait dit était si énigmatique et si empreint d'allégorie que Farber n'avait pu se préparer entièrement à ce bouleversement.

Légalement, Liraun était désormais chef de la maisonnée, et ce pour toute la durée de sa grossesse : cela se manifestait dans toutes ses relations avec le corps de la société cian et lui donnait un droit de regard sur tous les biens et propriétés. Farber n'était en rien rabaissé : son statut n'avait pas changé, mais celui de Liraun avait connu une formidable promotion. En théorie, Liraun avait désormais quelque autorité sur Farber mais, dans la pratique, la coutume voulait que le mari et la femme résolvent ce problème entre eux, et la plupart des couples arrivaient à un compromis équitable. En revanche, Farber étant marié à Liraun et celle-ci étant une Mère de Shasine, aucune action du mari ne pouvait mettre en cause l'organisation de la maison. Elle n'avait aucun poids légal. Il n'avait pas l'autorisation de négocier des contrats susceptibles d'affecter la vie familiale, il ne pouvait disposer ou transférer le moindre de leurs biens et ne pouvait louer une maison sans le consentement de Liraun — de même que celle-ci se voyait, avant sa grossesse, interdire n'importe lequel de ces actes. En fait, Farber était quand même mieux loti que Liraun ne l'avait jamais été. Avant son élévation, elle ne jouissait pratiquement d'aucun droit légal, étant considérée comme mineure et placée sous l'autorité absolue de son mari. Farber préservait au moins ses droits de citoyen adulte, mais il devait se plier au jugement de Liraun pour ce qui concernait les problèmes familiaux car elle était désormais une créature supérieure, « Celle Qui A Été Menée dans l'Harmonie ».

C'était déconcertant.

En outre, Liraun n'avait plus le droit de travailler pour subvenir à ses besoins. En tant que Mère de Shasine, elle prenait part au Conseil qui, conjointement à la Loge des Anciens, régissait Shasine. Une des premières choses qui lui fut demandée, après la Cérémonie du Nom, fut de quitter son emploi. Elle devait pouvoir participer au Conseil à toute heure du jour ou de la nuit et ne rien faire qui pût interférer avec cette occupation. Son mari avait le devoir, par conséquent, de la soutenir financièrement et risquait des peines assez lourdes s'il ne le faisait pas. Or les subsides que la Coopérative terrienne versait régulièrement à Farber ne suffisaient pas, même ajoutés à la petite somme que Ferri pouvait lui donner pour ses « travaux de recherche ».

La situation était alarmante.

Farber se surprit lui-même en relevant le défi. Il abandonna la bouteille et les comprimés. Il se ressaisit de manière stupéfiante. Et il alla chercher du travail.

Il en trouva un aux docks fluviaux, un travail qui consistait à décharger les rase-glace.

Le Peuple glacial s'était installé — la Terre fertile était emprisonnée dans la glace, enveloppée de neige et de silence. La nuit, l'Homme d'Hiver brillait de tout son éclat dans le ciel, terrible au-dessus de l'horizon. Le fleuve Aome avait fini par geler. Chaque matin — un froid et un silence pareils à la mort, le rosissement de l'aurore qui dilue à peine l'encre noire de la nuit, les dernières lunes minuscules qui roulent derrière l'horizon comme des billes —, alors qu'il partait à son travail, Farber le voyait briller comme une longue traînée métallique, un ruban solide qui assurait la cohésion du monde invisible. Quand le funiculaire l'emportait loin de la Vieille Ville, il voyait dans la lueur bleue naissante les premiers grands rase-glace noirs apparaître à l'est, montés sur leurs longues pattes comme des araignées d'eau terriennes que la mécanisation aurait soudain rendues gigantesques. Quand l'Aome gelait, il gelait sur toute sa profondeur et demeurait ainsi jusqu'au Dégel. Le trafic fluvial devait donc se faire sur la glace, une glace solide comme la pierre et lisse comme un miroir dans la plupart des cas, sauf aux endroits où le vent l'avait recouverte de neige. On ne pouvait trouver meilleure route vers l'ouest. L'Aome coulait sur une trentaine de kilomètres au pied de la Ville nouvelle d'Aei ; chaque kilomètre était encombré de docks et chaque dock débordait d'activité, que ce fût au plus profond de l'hiver ou au plus haut de l'été.

En milieu de matinée, quand le soleil était à son zénith en cette saison, la glace prenait une teinte gris verdâtre au lieu du bleu qu'elle affichait au lever du jour et on découvrait à sa surface les hiéroglyphes compliqués que traçaient les patins des bateaux. Parfois, quand la Femme de Feu était particulièrement intense, un centimètre de glace pouvait fondre et l'on voyait alors les embarcations rapides projeter de part et d'autre une gerbe d'eau et de gadoue.

Un jour, Farber vit un bateau heurter une aspérité de la glace, une sorte de bloc déchiqueté qui s'élevait à près d'un mètre au-dessus de la surface plane. L'impact projeta en l'air deux des quatre patins — le rase-glace glissa de manière précaire sur les deux autres pendant un moment qui parut interminable, mais c'était trop exiger de la part de ses gyrostabilisateurs et il finit par se renverser. Le bateau fit deux tonneaux à toute allure et brisa ses patins en faisant un bruit semblable à celui d'un million de boîtes de conserve accrochées à la queue d'une multitude de chiens, puis il se souleva et retomba lourdement sur la glace avant de faire un nouveau tonneau. Enfin il explosa. L'épave embrasée fit fondre la glace et s'enfonça dans plus de deux mètres de gadoue. Quand le feu fut éteint et que la glace se referma, la proue de l'embarcation formait avec la surface un angle de quarante-cinq degrés ; des drapeaux et des torches marquèrent le lieu du naufrage pendant deux jours jusqu'à ce que les manœuvres cian pussent dégager l'épave.

Ce fut là un incident exceptionnel, mais des accidents plus courants étaient chaque jour évités de justesse — quand ils l'étaient. Les personnes qui travaillaient ici prenaient leur service bien avant l'aube mais, vers midi, on voyait aussi sur la glace un grand nombre de citoyens d'Aei : pour une raison ou une autre, ils traversaient l'Aome afin de gagner les grands marais alignés le long du fleuve. Il y avait aussi des chasseurs qui traquaient les lézards, les clapeurs et les diables-de-boue. Des potiers qui espéraient récolter des argiles fort rares, nécessaires pour donner un éclat particulier lors de certaines cérémonies bien précises. De Saints Hommes sur la Voie de l'Ombre, en quête de la solitude qui facilite leurs efforts pour connaître la Phase avec l'Harmonie. Des déments et des ratés, sur la Voie de l'Absence de Lumière, à la recherche de la déchéance et de la douleur. Des groupes de jeunes femmes parties ramasser des œufs de lézard et des champignons d'hiver. Des promeneurs et des visiteurs. Et tous traversaient les voies sans se soucier aucunement des bateaux qui passaient à toute allure et étaient souvent bien près de les renverser sur la glace.

Les plus exposés au danger — et les plus inconscients — étaient les jeunes enfants qui, en fin d'après-midi, venaient jouer en hordes sur le fleuve gelé. Ils se laissaient glisser à plat ventre sur la glace, faisaient du patin, jouaient au curling avec de longs balais de branches et des disques de céramique à fond plat. Et aucun de ces passe-temps n'était importé de la Terre, comme Farber l'avait tout d'abord pensé : ils étaient nés spontanément, comme cela doit inévitablement se produire dans un monde où se rencontrent de jeunes humanoïdes bipèdes et une surface glacée faisant office de terrain de jeux. Que ce fût inévitable ou pas, les enfants étaient quasiment invisibles pendant les longues heures du crépuscule : ils étaient ainsi le cauchemar des pilotes des rase-glace. Par une curieuse démarche psychologique, les Cian, qui vivaient pourtant dans une société très régulée sous bien des aspects, ne cherchaient aucunement à empêcher les individus de se promener sur la glace ou à restreindre leur droit à déambuler sur les voies commerçantes les plus fréquentées. Cela voulait bien entendu dire que les piétons aventureux tentaient leur chance et que, puisqu'ils prenaient le risque d'entrer en collision avec un navire de dix tonnes, les pilotes n'allaient guère se soucier d'eux. Ils se contentaient de donner un coup de sirène quand des enfants s'aventuraient trop près des voies principales, et les enfants, que cela n'impressionnait nullement, leur répondaient par des cris joyeux. Le ululement grave et un peu sinistre des rase-glace et les cris perçants des enfants faisaient toujours partie du paysage sonore de Farber quand il travaillait.

C'était un travail dur, qui exigeait de la rapidité : il s'agissait de charger et décharger les rase-glace transportant la cargaison pour les entrepôts et les magasins. Sur terre, ce genre de tâche aurait été accomplie par des robots mais ici, à Shasine, rien n'était automatisé à moins que l'on ne pût vraiment faire autrement. Farber avait toujours été costaud, mais sa robustesse était le fruit d'entraînements en salle ou en piscine — il n'avait jamais occupé un poste qui nécessitât des efforts physiques prolongés, jour après jour. Et, à sa grande honte, il trouva son travail incroyablement pénible. La première semaine ne fut qu'une brume de fatigue, un cauchemar qu'il traversait comme un automate aux membres de plomb. Il dépassait de la taille et des épaules le plus grand de ses compagnons de travail cian, mais leur endurance était étonnante. N'importe lequel pouvait faire bien mieux que lui et travailler en souplesse et avec efficacité alors qu'il s'effondrait, épuisé, essoufflé, en quête d'air glacé. Il était plus fort qu'eux, mais il n'avait pas leur résistance.

Au lieu de le railler, les compagnons de Farber se montraient amicaux et encourageants, sympathiques sans jamais être condescendants. Ils lui donnaient des conseils pour travailler par temps rude, des astuces pour charger et décharger les lourds colis.

Acharné, Farber tenait bon.

Les semaines passèrent et Farber s'adapta de mieux en mieux à son travail. Il s'habitua au rythme et sa tâche lui parut plus facile. Il brûla sa graisse excédentaire et devint plus mince qu'il ne l'avait jamais été — en fait, il était presque émacié. Il ne conserva que du muscle, ferme et dur comme de l'acier. Il n'avait jamais été en meilleure santé.

Il était également plus heureux qu'il ne l'avait jamais été depuis son départ de la Terre, même s'il lui fallut un moment pour comprendre cela. Dans un premier temps,

Farber avait ressenti son travail comme une nécessité aussi sinistre que dégradante, mais il avait lentement revu sa position et en tirait à présent une grande satisfaction. C'était un emploi honnête et rude qui lui permettait de vivre au soleil et au grand air — mieux encore, et bien qu'il ne se le fût jamais avoué, cela lui donnait quelque chose de concret à faire, quelque chose qu'il pût accomplir de ses propres mains, une façon de créer l'ordre à partir du chaos. Cela lui donnait le sentiment d'être capable de manipuler sa destinée, et cette assurance — illusoire ou pas — étouffait quelque peu le sentiment de panique dû à l'obligation de devoir vivre dans un milieu qu'il ne comprenait pas. Pour la première fois, il cessa de s'opposer à Weinunach. En fait, il finit par appeler cette planète Weinunach au lieu de continuer à dire « Lisle ». En faisant cela, il se débarrassa d'une bonne partie de sa tension nerveuse, comme s'il avait déposé un fardeau qu'il n'avait pas eu conscience de porter. Il cessa de voir dans ses compagnons de travail de lointains personnages extraterrestres et noua avec eux des liens d'amitié. Ils formaient une équipe détendue et homogène — même si Shasine possédait un système de castes rigide, on ne trouvait pas chez les Cian ce fastidieux sentiment de conscience de classe que l'on rencontrait habituellement chez les Anglais ou chez les Hindous. À la différence de la Terre, le travail manuel n'était nullement méprisé : il apportait ni plus ni moins de prestige que toute autre profession. D'où l'équanimité de l'équipe, qui n'avait aucune raison de se sentir inférieure à n'importe quel autre groupe de la société. Farber trouva plus facile de vivre avec ses compagnons qu'avec les Mille Familles ou des aristocrates sinistres, des Hommes de l'Ombre tels que Jacawen.

Il se rendit compte qu'il était heureux.

Liraun paraissait également plus heureuse, même s'il y avait toujours un peu de tristesse en elle. Une grande partie de sa frustration et de sa révolte avait disparu, ou était endormie, enfin. Elle avait accepté — s'y était-elle résignée ? — le rôle qu'il lui fallait jouer. Et avec cela était venue une nouvelle sérénité. Leur mariage s'était stabilisé. Ils étaient plus détendus l'un avec l'autre, plus tolérants aussi. Les devoirs de Liraun auprès du Conseil l'occupaient, mais pas au point de ne pouvoir passer pas mal de temps avec son mari. Aux premiers mois de sa grossesse, il leur arriva souvent d'emprunter à Genawen, le père de Liraun, des montures et un groupe de coursiers — des carnivores longs et minces ressemblant un peu à des musaraignes géantes, mais pas aussi vicieux qu'elles — et de partir à la chasse dans les grands marais salés situés au sud d'Aei. C'était rare qu'ils attrapent quelque chose, mais ils prenaient plaisir à chevaucher à travers les marécages, dans l'air froid et vif, sous un ciel étincelant, écoutant le gémissement plaintif de leurs montures serpentiformes et les *yip-yip-yip* aigus des coursiers, galopant dans un cliquetis métallique sur les grossiers ponts de pierre qui reliaient les berges, entourés de glace verte et polie, de neige et, à perte de vue, de roseaux dépouillés par l'hiver, et ne rencontrant que de vastes troupeaux de lézards à écailles argentées qui fonçaient vers le ciel à leur approche et tournoyaient en poussant des cris de mauvaise humeur tant que les intrus ne s'étaient pas éloignés. Parfois ils partaient sans coursiers et pénétraient au plus profond des marais en évitant les chasseurs et les cueilleurs de champignons. Liraun allait alors se baigner — il faisait toujours bien en dessous de zéro, mais elle ôtait ses vêtements, creusait un trou dans la glace laiteuse (plus mince en ces lieux à cause des courants d'eau salée) et avançait dans les étangs peu profonds à la manière d'un brise-glace, disparaissant par instants dans les tunnels de roseaux, surgissant de l'autre côté, éclaboussant, s'ébrouant et poussant un rugissement si terrible que des dizaines de créatures pareilles à de minuscules loutres s'enfuyaient devant elle, prises de panique, et que les lézards ou les rougeauds poussaient des cris hystériques en direction du ciel. Farber tenait les montures et la regardait en riant, stupéfait et plein d'amour, avec son souffle comme de la vapeur dans l'air glacial et le givre qui se formait sur ses lèvres. Quand elle émergeait enfin, elle se secouait en tous sens comme un chien et empruntait un morceau de rude étoffe pour gratter les plaques de glace qui s'étaient formées sur sa peau.

Ensuite, il leur arrivait de faire l'amour sur un lit de roseaux craquelants jetés sur le sol glacé. Liraun s'étonnait toujours quand Farber refusait d'enlever ses vêtements. À l'occasion, sur le chemin du retour, ils croisaient un paludien, lointain cousin des Cian : un homme noueux et rabougri avec une peau blanche comme l'os, qui portait des haillons de fourrure et des bijoux de fer artistiquement travaillés. Ses cheveux laqués ressemblaient à deux énormes ruches et son visage était peint de bleu et d'orange criards ; à une ceinture jetée sur son épaule étaient accrochés, tête en bas, des clapeurs et des rougeauds fraîchement tués. Ses yeux étaient brillants et vifs, comme de la pierre noire crachée par un volcan. Calme et solennel, empreint d'une grande dignité, le paludien les regardait passer. Puis il levait le poing en guise de salut — ce n'était pas de la flagornerie, mais plutôt une reconnaissance respectueuse de leur présence. Les paludiens croyaient que les Cian étaient des fantômes. Mais on ne saura jamais comment ils voyaient Farber : comme le fantôme d'un fantôme, peut-être.

12

Les semaines passèrent, et Shasine s'enfonça plus profondément dans l'Hiver. La neige s'entassait dans les rues d'Aei et, lors de certains blizzards assez terribles, personne ne sortait pendant plusieurs jours — la ville paraissait alors désolée, déserte, et seul l'éclat jaune ou orange des fenêtres indiquait qu'il y avait encore de la vie. Farber obtint de Ferri qu'il lui achète un masque de skieur arctique à l'économat de la Coop. Il le portait pour travailler, et les Cian se riaient de lui dans la rue. Aux docks, ses compagnons s'en amusaient beaucoup et, jovialement, ils se mirent à le surnommer « Sans-visage ». Farber s'en moquait bien. Son nez aurait certainement gelé sans ce masque, et les lunettes qui y étaient intégrées l'aidaient à supporter la réverbération de la Femme de Feu sur les étendues glacées. Quant à ses compagnons de travail, ils portaient des lentilles de contact faites d'une substance transparente semblable à du lichen, mais ces lentilles étaient « vivantes », en ce qu'il suffisait de les plonger tous les mois dans un liquide nutritif pour les remettre en forme. L'idée d'avoir de telles choses en contact avec ses globes oculaires faisait frémir Farber. Non, il s'en tiendrait à son masque et tolérerait les plaisanteries bon enfant des membres de son équipe. Il n'était pas encore devenu « indigène » à ce point.

Il fit finalement assez froid pour que Liraun admette ressentir une certaine gêne. Ils obtinrent une sorte de sphère d'un bon mètre de diamètre, qui fut placée dans un coin de la pièce du bas. Elle irradiait de la chaleur et une lueur dorée un peu trouble — sans que Farber pût distinguer la moindre source de combustible — et était apparemment inépuisable. Voilà un objet que Keane aurait pu commercialiser ! Cet appareil avait une efficacité quasi surnaturelle. Une efficacité que Liraun avait parfois du mal à supporter — quand la pièce était trop chaude à son goût, elle se retirait dans l'une des pièces du haut qui conservaient encore la fraîcheur du soir. Elle y passait beaucoup de temps. Sa grossesse avait finalement pris le dessus. Elle venait d'entrer dans son cinquième mois, et les femmes cian venaient habituellement à terme au bout de six. Son ventre était à peine gonflé, mais elle s'était brusquement alourdie et affaiblie. Elle se déplaçait difficilement à présent, avec des mouvements très lents, comme si son ventre était une poche pleine d'eau qu'elle redoutait de voir crever. D'une certaine façon, c'était un peu de cela qu'il s'agissait. Elle répondait toujours aux sollicitations du Conseil mais, quand elle revenait à la maison, il n'y avait plus d'expéditions dans les marais, plus de séances de natation entièrement nue, plus de promenades dans Aci. Non, elle allait s'installer dans la chambre du haut, pendant des heures parfois, et elle regardait par la fenêtre ouverte les rues en pente de la Vieille Ville. Elle replongeait dans la mélancolie. Mais cette fois, elle s'y noyait plus qu'à l'accoutumée. Elle parlait peu. Elle ne riait plus. Ses traits étaient tirés et son teint pâle, comme si elle souffrait sans arrêt.

Farber avait l'impression que la grossesse n'était pas aussi difficile à porter chez la plupart des femmes en bonne santé, et cela l'inquiéta. Mais c'était de Terriennes en bonne santé qu'il s'agissait. Qui comprenait les mystères de la physiologie cian, qui savait à quoi s'attendre ? Certainement pas Farber. Aucun des parents de Liraun ne paraissait inquiet, et Farber se dit qu'il n'avait pas le choix et ne pouvait qu'accepter la situation telle qu'elle se présentait. Liraun elle-même n'était pas inquiète, même si elle était d'une grande tristesse. Quand il lui posait la question, elle lui répondait que tout se passait normalement. C'étaient à peu près les seuls mots qu'il pouvait lui arracher, car elle communiquait de moins en moins. Maintenant, c'était Liraun qui se réveillait en pleurant, qui avait besoin d'être cajolée et réconfortée. Elle ne disait pas pourquoi. Elle avait honte et refusait d'en parler, elle aurait pu faire celle qui n'éprouvait rien. Mais ce n'était pas le cas. Et lorsque cela lui arrivait, elle s'accrochait désespérément à Farber comme si elle voulait souder leur chair à tout jamais.

Un après-midi, alors qu'il revenait du travail, Farber passa voir Anthony Ferri. L'ethnologue parut enchanté de sa visite. En fait, Farber ne l'avait jamais vu aussi alerte, aussi débordant d'énergie et de bonne humeur. Les yeux de Ferri étincelaient et son long visage chevalin irradiait. Ses bras étaient couverts de sang jusqu'au coude et il souriait comme un meurtrier qui ne regrette en rien son crime.

Farber le regarda longuement. Ferri paraissait incapable de tenir en place. Il sautillait sans cesse d'un pied sur l'autre et exécutait sans même s'en rendre compte une petite danse joyeuse. Il expliqua alors qu'il avait enfin réussi, après plusieurs mois de négociations complexes et délicates, à se procurer le cadavre d'un Cian de sexe masculin en vue de le disséquer.

« Il faut que vous voyiez ça ! s'exclama Ferri. Les choses que j'ai trouvées ! J'en ai plus appris en un jour qu'en toute une année. » Avec enthousiasme, il prit Farber par le bras et le poussa vers le fond de l'appartement. « Il faut que vous voyiez ça ! »

Un peu à contrecœur, Farber se laissa entraîner.

Le long couloir qui menait à la cuisine avait été aménagé en une salle de dissection encombrée de lampes et d'appareils, tandis qu'un réseau de rallonges courait sur le sol. Cela sentait le sang et le formol. Un lit roulant appuyé contre le mur servait de table d'opération ; dessus, une chose écorchée qui ne ressemblait plus à un humain ou à un humanoïde. Ferri s'empara d'un scalpel et le pointa vers le corps. « Vous voyez ? Il y a une épaisse couche supplémentaire de graisse sous-cutanée. L'adaptation au froid, naturellement. Mais je crois que cela n'explique pas tout. Il n'y a de vrais poils que sur la tête, au pubis et sous les aisselles. Cette autre matière, cc duvet, est en réalité une fourrure à la très fine texture, des fibres très étroitement entremêlées — et c'est imperméable, comme les plumes des canards. Regardez la musculature. Et la structure osseuse des jambes. L'épine dorsale n'est pas aussi développée que chez les humains. Les os iliaques ne sont pas aussi larges, et les hanches sont légèrement plus longues et plus étroites. Les épaules sont également plus étroites, la poitrine moins arrondie. Vous voyez ? Les avant-bras sont un peu plus courts. Ce sont des détails, bien sûr, mais mis bout à bout, ils veulent peut-être dire quelque chose. Et les pieds, ils ne sont pas aussi larges et massifs que les nôtres, ils constituent une base de sustentation moins bonne. Je parierais que les Cian ont beaucoup de problèmes orthopédiques ! Et ça ! C'est sûrement ce que j'ai trouvé de plus intéressant — les vestiges d'une paupière interne, une paupière transparente et remplie d'un liquide aqueux. Atrophiée, bien sûr, mais bien réelle. »

Farber haussa les épaules. « Et ça veut dire quoi ?

— Je n'en sais rien, répondit Ferri. Et je suppose que

nous ne le saurons vraiment jamais. Mais j'ai échafaudé des théories toute la journée. Pour moi, les Cian ont évolué à partir de mammifères aquatiques — ou amphibiens —, et ce il y a très peu de temps. Quand je dis peu, c'est à l'échelle géologique, naturellement. La couche de graisse, le duvet imperméable, la paupière transparente, tout indique cela. Comme ils n'ont pas commencé en tant qu'animaux terrestres, ils n'ont pas eu autant de temps que nous pour faire comme l'*Homo sapiens* et prendre une posture verticale. La musculature, la structure osseuse, les hanches. Les pieds, surtout. Naturellement, tout cela n'est que spéculation. J'ai un autre spécimen au frigo et demain j'interrogerai l'ordinateur médical de l'hôpital de la Coop, je verrai si je peux trouver des indices qui viennent confirmer mes théories.

— Intéressant », fit Farber d'une voix neutre. En réalité, cela ne l'intéressait pas du tout. Il faisait chaud dans le couloir, il s'y sentait à l'étroit, et l'odeur de la mort était accablante. Il espérait que Ferri arrête son laïus et qu'ils reviennent dans la salle de séjour.

Ferri regarda Farber d'un drôle d'air. « Tout cela ne vous impressionne pas beaucoup, je me trompe ? »

Farber haussa encore une fois les épaules. « C'est intéressant, Tony, mais je ne vais pas sauter au plafond pour autant. Je n'ai pas vos connaissances. Et tout cela ne me semble pas d'une importance primordiale.

— Vraiment ? » Ferri leva un sourcil et brandit vers Farber son scalpel taché de sang. « Vous pourriez avoir des surprises ! » Une partie de son agressivité avait disparu. Pour la première fois, il parut se rendre compte que ses vêtements et lui-même étaient couverts de sang. « Je vais me nettoyer un peu », murmura-t-il. Il disparut dans la salle de bains. Un instant plus tard, Farber entendit la douche couler.

Farber revint dans le séjour. Il choisit la chaise la plus

éloignée du couloir et s'y installa. Même là, il pouvait sentir une légère odeur de pourri. Il attendit.

Ferri réapparut au bout de quelques minutes, vêtu d'un sweat-shirt et d'un pantalon. Il alluma le système d'aération pour chasser les odeurs puis se rendit jusqu'au bar et remplit deux verres. Il en tendit un à Farber et s'assit en face de lui.

« Seigneur, soupira Ferri en serrant son verre dans sa main, quelle journée ! » Il but. Il avait l'air fatigué. De toute évidence, le manque d'enthousiasme de Farber l'avait ramené à la réalité. « Désolé de vous avoir raconté tout ça, Joe, mais bon Dieu ! Ça veut dire beaucoup pour moi et je suis plutôt nerveux, vous savez ? Si vous pouviez imaginer ce que c'est difficile de coopérer avec les Cian, ils sont tellement soupçonneux, si vous saviez ce que j'ai dû faire comme ronds de jambes pour récupérer ces deux spécimens… » Il soupira à nouveau et but longuement. « Vous croyez que tout ça c'est du pédantisme, hein ? »

Farber sourit d'un air évasif. Il remua doucement son verre. Bizarre de reboire du scotch. Il dit enfin, poliment : « Je trouve tout ça un peu académique.

— Eh bien non, s'écria Ferri. Je vous l'assure. C'est peut-être même la clef de tout. » Il s'arrêta un instant. « Il y a quelque chose de très étrange dans la culture cian. Bon sang, elle a toujours un côté un peu *artificiel*. Cette histoire des mâles qui nourrissent les petits, par exemple. J'ai branché le spécimen ici présent sur un diagnosticateur : les changements enzymatiques et hormonaux par lesquels doit passer le système mâle pour arriver à cela sont extraordinairement complexes. La chose est également complexe dans son exécution — la lactation du mâle est déclenchée par la sécrétion de musc par la femelle enceinte ainsi que par d'infimes quantités d'hormones qui, par osmose, traversent sa peau et sont transférées au mâle par le contact. Bon Dieu, un système comme celui-ci ne peut pas évoluer *naturellement*. En tout cas, je ne le crois pas. Pas chez un mammifère sophistiqué. C'est bien trop compliqué. Et de plus c'est inutile. Pourquoi les femelles ne peuvent-elles pas nourrir leurs petits ? Elles le font bien même chez les mammifères inférieurs. J'ai pu m'en rendre compte moi-même, ce n'est donc pas une tendance universelle de l'écosystème de cette planète. » Il secoua la tête. « Non, tout indique que les Cian ont dû faire face à un changement aussi radical que soudain — ils se sont modifiés pour réagir, et cette transformation a faussé le développement de leur culture tout entière.

— De quel changement parlez-vous ? demanda Farber.

— C'est là qu'interviennent les découvertes d'aujourd'hui, dit Ferri. Lisle se trouve à présent en pleine période interglaciaire. Selon mes calculs, la dernière grande glaciation a dû considérablement diminuer le niveau des océans. Vous saisissez ? Cela veut dire qu'avant cette glaciation, les Cian étaient des hominiens amphibiens qui vivaient sur le littoral et dans les hauts-fonds. Ils étaient probablement presque aussi évolués que les Cian modernes, intelligents, mais ne transmettaient pas leur culture comme le font les Cian aujourd'hui — je doute qu'ils aient connu le feu ou qu'ils aient forgé des outils puisqu'ils vivaient la plupart du temps dans l'eau. Ils avaient probablement une tradition orale. J'ai le terrible sentiment que certains mythes cian sont plus anciens que les humains ne l'imaginent et qu'ils viennent directement de cette époque où les Cian vivaient dans la mer. Étonnant, non ? » Il termina son verre. « Bon, l'ère glaciaire arrive et le niveau de la mer diminue de façon impressionnante. Les plateaux continentaux s'abaissent très rapidement ici. Abaissez le niveau de la mer et vous n'avez plus de hauts-fonds. Il fallait soit s'adapter à la vie marine en redevenant un mammifère aquatique, soit s'adapter à la vie terrestre. Ils ont donc choisi cette dernière solution, pour la plupart tout au moins, et ils l'ont fait très rapidement. La pression qu'ils ont subie devait être énorme et la situation incroyablement difficile. J'imagine que la majorité des Cian est morte, mais pourtant certains ont réussi. Vous vous rendez compte ? Je me demande si les Terriens auraient été capables de relever aussi rapidement un tel défi. Les Cian, en tout cas, ont réussi. Ils se sont adaptés.

— Mais comment cela ? dit Farber avec une certaine dureté. À vous entendre, on croirait qu'ils ont bricolé leur corps, qu'ils se sont pourvus d'un organisme sur mesure. »

Ferri sourit. « C'est exactement ce que je veux dire. La Femme de Feu émet bien plus d'ultraviolets que notre soleil. Cette planète est soumise à un rayonnement très intense. Cela fait que la biomasse est bien plus fluide que celle de la Terre. Qu'il y a *bien plus* de mutations par génération et qu'elles sont plus nombreuses à être viables. » Il s'arrêta pour regarder Farber d'une façon significative. « Bon sang, vous auriez pu vous en douter par votre propre expérience. Nombre de légendes semblent insister sur le fait que leurs femelles pratiquent une contraception volontaire naturelle. La réabsorption du matériau embryonnaire. Votre propre expérience avec votre femme semble le confirmer, et j'ai d'autres exemples. S'ils peuvent faire cela, je ne doute pas qu'ils puissent contrôler autrement leur matériau génétique. Il y a des indices qui vont dans ce sens. Obligés de vivre sur la terre ferme, ils se sont adaptés très rapidement, selon les critères de l'évolution. Pour une raison inconnue, cette transition a interféré avec la capacité des femelles à nourrir les jeunes. Cette distorsion s'est reflétée dans tout le reste du développement culturel, jusqu'au jour où leur société a été capable de régler le problème. Oui, ils ont réussi, ne vous faites pas d'illusions à ce sujet : leur technologie génétique est aujourd'hui suffisamment sophistiquée pour qu'ils fassent pratiquement tout ce dont ils ont envie — vous en êtes la preuve vivante — et cela fait désormais si intimement partie de leur culture qu'ils ne pourraient s'en débarrasser sans détruire tout le reste.

— Je ne sais pas. » Farber joua avec son verre et le reposa. « Tout cela me semble bien compliqué, non ?

— Ça l'est, je l'admets, dit Ferri. Mais ce n'est qu'une théorie. Vous en voulez une autre ? Les Cian ont *délibérément* provoqué ces altérations de leur système biologique, et ce dans un laps de temps historique. C'est une culture très stable, Joe. Presque statique. Je dirais pour ma part que leur technologie biologique est supérieure à la nôtre depuis trois bons millénaires. Cela fait beaucoup, non ? Au cours de ces trois mille ans, après avoir acquis la capacité de le faire, ils se sont "bricolés", pour reprendrc votre expression. Cette histoire de lactation par les mâles est à la fois embarrassante et complexe ; il serait plus facile de dire qu'il s'agit d'un acte délibéré de génie génétique que d'essayer d'imaginer comment un tel système aurait pu évoluer naturellement. Donc, ils se sont fait cela tout seuls. Pourquoi ? Grands dieux, je n'en sais rien ! Mais les esprits des aristocrates, des Hommes de l'Ombre sont si insondables — qui diable peut savoir pourquoi ils font ce qu'ils font ? Ce sont des *aliens*, non ? Que savons-nous vraiment de la Voie, de ses objectifs, de ses mobiles, de ses obligations ? Rien. »

Ferri se leva et se versa un autre verre. Ses mouvements étaient un peu incertains — il s'enivrait rapidement. « Voilà ma deuxième théorie, dit-il à Farber. Je ne l'aime pas plus que la première, mais je dois reconnaître que le rasoir d'Occam penche en sa faveur. Mais n'oubliez pas que le rasoir d'Occam ne tranche pas la plupart du temps quand il s'agit de situations bien réelles. » Il rit de sa propre plaisanterie, finit son verre et s'en versa un troisième. Farber refusa de boire davantage. Le verre à la main, Ferri se réinstalla sur son siège.

Les deux hommes restèrent un moment assis sans parler. Le visage de Ferri avait pris un air dégoûté, comme s'il dégustait une chose qui avait tourné. Il était évident que son enthousiasme maniaque ne résistait pas à la fatigue et au whisky. Il adressa un sourire en coin à Farber. « Deux théories, et aucune n'est capable d'expliquer vraiment toutes les bizarreries sociologiques de cette société. De la foutaise, oui. Je peux vous en pondre une douzaine d'autres si vous voulez. Qu'est-ce que j'ai à faire d'autre dans ce trou que de me raconter des contes de fées ? » Il vida une partie de son verre. « Si au moins les Cian voulaient coopérer ! dit-il plein d'amertume. Si je pouvais travailler sur un spécimen femclle, l'allonger sur ma table et l'ouvrir, je trouverais peut-être la solution. Mais ils ne me laisseront pas disséquer une femelle — c'est pour eux un tel sacrilège qu'ils poussent des cris d'horreur rien qu'en y pensant. »

Farber le contempla en silence. L'objectivité scientifique était une chose respectable, d'accord, mais bon sang, cet homme connaissait la situation de Farber, et il aurait dû faire preuve d'un peu plus de discrétion. L'esprit de Farber forma l'image très réaliste de Liraun étendue sur le lit roulant, ouverte sur toute sa longueur pour satisfaire la curiosité de Ferri. Les muscles de sa mâchoire se crispèrent et une veine de sa tempe se mit à battre.

« Ça vous est utile ? dit-il d'une voix un peu brusque en tapotant le bracelet-télémètre qu'il portait au poignet.

— Ça me fait trop de bien, oui », grommela Ferri. Il se dirigea vers le bar et s'empara d'un atomiseur narcotique, l'enfonça dans sa narine et inspira profondément à plusieurs reprises. Quand il parla à nouveau, ce fut d'une voix haut perchée et étonnamment lointaine, comme si son esprit était parti ailleurs et qu'il eût laissé son corps traiter avec Farber en pilotage automatique. « Ça m'apporte un peu de distraction, ça me fait beaucoup de bien », dit-il de sa voix nouvelle et dépassionnée. Il agitait machinalement les mains comme un robot programmé pour singer un trouble émotionnel. Il regagna sa chaise, au ralenti comme le ferait un astronaute en apesanteur, et offrit l'atomiseur à Farber. Ce dernier refusa avec un dégoût certain — il commençait à se rendre compte à quel point sa vie parmi les Cian l'avait éloigné des autres Terriens, ses semblables. Ferri haussa les épaules, lui adressa un sourire aussi rêveur que méprisant et s'octroya une bonne dose de narcotique. Quand il eut fini, ses yeux étaient vitreux et sa voix encore plus lointaine. « Nous avons compris depuis le début que le langage cian joue beaucoup, comme le chinois, sur les différences de ton et d'inflexion. Il semble maintenant que des mots et des expressions prononcés de la même façon peuvent avoir des significations complètement différentes selon la structure sociale du moment où ils sont émis. Il faut peut-être aussi tenir compte de gestes et de mouvements infimes, même si cela est difficile à prouver. Seigneur, je m'étonne que nous ayons réussi à comprendre quoi que ce soit à ce que ces gens nous ont dit !

— Qu'est-ce qui vous dit que nous les avons compris ? » dit Farber.

Ferri fit la grimace et remit l'atomiseur dans sa narine.

13

Après cela, Farber ne revit plus Ferri pendant un certain temps. Liraun et lui en étaient de plus en plus réduits à leur propre compagnie. Étant donné l'état d'esprit de Liraun à cette époque, ce fut une période de grande solitude pour Farber. Il mena à nouveau une vie de célibataire mais, cette fois-ci, il s'y résigna avec beaucoup d'équanimité en s'efforçant d'accepter la morosité de Liraun et la soudaine détérioration apparente de sa santé. Il était toujours heureux, finalement, en dépit de toute chose. Son vieux trouble, sa nostalgie de la Terre avaient disparu. Il ne voulait pas être ailleurs, il ne voulait rien d'autre — cette certitude lui venait de l'intérieur et le laissait en paix. Quand il envisageait l'avenir, c'était avec confiance. Il avait les pieds sur terre à présent, et Liraun et lui avaient abouti à quelque chose. Sa grossesse bouleversait tout pour le moment, mais après la naissance de l'enfant, les choses se remettraient en place et tout redeviendrait normal. Il n'était pas particulièrement patient, mais pouvait tout de même faire preuve d'assez de patience pour tenir jusque-là. Ensuite tout irait bien. Et ils iraient bien. Quant à l'enfant… il se prit à l'attendre avec un plaisir bien plus vif que tout ce qu'il aurait pu imaginer.

Attends que l'enfant soit né, se disait-il. *Attends que l'enfant soit né.*

14

Le dernier mois de la grossesse commença et Liraun connut un autre changement. Bien que toujours faible et fragile du point de vue physique, elle paraissait s'abreuver à quelque source intérieure de sérénité et de force. Elle était en paix avec elle-même, elle était redevenue la Liraun qu'il avait toujours connue. Mais voici que le Conseil commençait à lui prendre de plus en plus de son temps, comme s'il voulait l'utiliser au maximum pendant qu'elle était encore une Mère de Shasine.

Parfois il l'accompagnait aux réunions du Conseil ou venait l'y chercher après le travail. Par bribes, il en vit et en entendit assez pour se rendre compte que Ferri avait effectivement dit la vérité : Liraun et les six autres Mères qui composaient alors le Conseil assuraient réellement la direction de Shasine. C'était une tâche énorme et complexe, et Farber en comprenait assez pour apprécier qu'elle ne fût pas sienne. Les finances, par exemple, étaient une sorte de jeu pour les Cian — une conception impossible pour un Terrien. Ils y voyaient une sorte de grande fantaisie aux règles universellement reconnues ; certes, il en allait de même sur Terre, même si on l'admettait rarement — en revanche, sur Terre on n'aurait jamais accepté de supprimer ou de modifier les règles du jeu au beau milieu d'une partie ainsi que cela se faisait périodiquement à Shasine : on pouvait ainsi éponger toutes les dettes ou « se mettre d'accord » sur la nouvelle valeur de la monnaie ; de plus, le concept de « dette publique » était inconnu chez les Cian. Ce travail n'était cependant pas ce qu'il y avait de plus compliqué quand on était une Mère de Shasine, et Farber appréciait de le voir confier à Liraun, même s'il lui fallut un certain temps pour s'habituer à son nouveau rôle de Première Dame, pour ainsi dire. C'était aujourd'hui Liraun qui avait de l'importance — si lui en avait jamais eu (fort peu, en fait) ; c'était uniquement parce qu'il lui était associé, parce qu'elle aimait l'emmener avec elle comme elle l'aurait fait de son chat préféré.

Un jour, au cours de cette période, il fut témoin d'une scène très étrange, une scène qu'il ne comprendrait vraiment que plusieurs semaines plus tard.

Liraun et lui revenaient à la maison après une séance du Conseil. En tant que Mère de Shasine, Liraun avait désormais droit à un char tiré par l'un de ces mille-pattes au faciès triste et à un cocher à disposition de jour comme de nuit — seule une intervention spéciale de Liraun permettait à Farber d'emprunter le char, et il était accueilli par de nombreux regards désapprobateurs chaque fois qu'il y montait ou en descendait. Ce soir-là, ils étaient presque arrivés à la Rangée quand quelqu'un rompit le silence de mort qui était de règle dans la Vieille Ville à cette heure de la nuit : un lugubre gémissement émis par quelque instrument de musique, un cor peut-être, ou une flûte. À nouveau il se fit entendre, discordant et morne, comme le son que produirait une âme perdue alors qu'elle tombe en enfer. Puis on entendit un tambour : dur, bruyant, animé d'un rythme fou qui semblait tanguer comme un homme ivre.

Liraun s'était redressée à la première note du « cor » et

Farber la sentait frissonner de peur ou d'excitation à côté de lui. Puis, au son du tambour, elle se balança doucement et porta sa main à sa gorge. « Une *opeinad* ! » murmura-t-elle, horrifiée. Pendant une seconde, elle demeura comme pétrifiée. Au moment où Farber allait ouvrir la bouche pour lui demander ce qui se passait, elle bondit sur ses pieds et tapa sur le dossier du siège du cocher pour attirer son attention.

« L'*opeinad* ! Trouve-la ! Suis ces sons ! »

Le cocher se retourna pour la regarder d'un air désapprobateur et plein d'appréhension. « Mais, Mère, vous savez bien que je ne peux pas…

— Fais ce que je te dis ! lui lança Liraun. Trouve-la ! Dépêche-toi ! »

Le cocher haussa les épaules et grommela quelque chose, puis il fit faire demi-tour à son char. Farber voulut faire rasseoir Liraun, mais elle se dégagea de lui et demeura debout, les mains crispées sur le siège du cocher. « Liraun… », commença-t-il à dire, mais en même temps elle se penchait en avant pour hurler : « Plus vite ! Que le Peuple glacial te prenne si tu ne vas pas *plus vite* ! » C'en était trop pour le cocher — personne ne souhaitait se voir maudire par une Mère de Shasine. Il émit un sifflement et aiguillonna le mille-pattes à l'aide d'une longue perche. L'animal poussa un beuglement plaintif, s'ébroua et doubla quasiment sa vitesse malgré les bosses du chemin.

Le char n'était malheureusement pas aussi souple que le mille-pattes : il cahotait en tous sens tandis que Farber criait à Liraun de se rasseoir, mais elle l'ignorait ; Farber pouvait à peine rester assis, mais elle n'avait aucun mal à garder l'équilibre — à chaque secousse, elle faisait porter le poids de son corps d'une jambe sur l'autre comme l'aurait fait un surfeur. Son regard plongeait dans l'obscurité et son cou tendu trahissait l'angoisse et la tension qui l'habitaient. Enfin on vit de la lumière : au pied de la colline, des torches qui s'agitaient comme un collier de joyaux rouges. « Ils se dirigent vers la place de la Bénédiction ! s'écria Liraun par-dessus le fracas des roues. Par ici ! Rattrape-les ! » Elle tapait sur le dossier du siège. « Plus vite ! » Servilement, le cocher fit tourner le char dans la ruelle que lui avait indiquée Liraun. Ils faillirent verser : ils s'étaient engagés sur une pente très raide, et des étincelles bleues jaillirent des freins quand le cocher voulut ralentir pour que le char ne percute pas le mille-pattes. Affolé, laissé à lui-même dans tout ce fracas, Farber s'accrochait à son siège et serrait les dents en s'efforçant de ne pas penser à ce qui se passerait si le char venait à se renverser.

Brinquebalés, ils débouchèrent sur la place de la Bénédiction.

Liraun avait bien calculé son coup. La place était encore vide, mais ils pouvaient entendre le cor sonner non loin de là ainsi que le staccato des tambours. Mais aussi le son que produirait une énorme abeille rendue folle furieuse : une sorte de bourdonnement sinistre et concerté.

Le char ralentit brutalement et les freins projetèrent des étincelles à plus d'un mètre de distance. Il n'était pas encore arrêté que déjà Liraun en jaillissait et courait vers le centre de la place. Farber sauta derrière elle en l'appelant par son nom, terrifié à l'idée qu'elle pût se blesser. Mais, malgré sa grossesse, elle courait comme un cerf : elle avait près de vingt mètres d'avance sur lui quand l'autre femme déboucha sur la place.

Cette femme courait, elle aussi, mais elle titubait à chaque pas et il était évident qu'elle était à bout de forces. Devant Farber, elle trébucha et tomba sur le sol, la tête la première. Elle n'essaya pas de se relever et resta allongée sur le pavé — ses épaules se soulevaient au rythme de sa respiration haletante. Derrière elle, l'*opeinad* déboucha d'une ruelle. Farber pensa immédiatement à un vieux film de Frankenstein : deux ou trois douzaines d'hommes qui agitaient des torches et portaient des armes improvisées, des massues, des pierres, de bouts de tuyau, tandis qu'un *twizan* brandissait solennellement ce qui ressemblait assez absurdement à d'énormes ciseaux à denteler. Cela aurait pu être drôle, grotesque, mais cela ne l'était pas — les visages des hommes étaient sinistres et farouches, l'éclat de leurs dents dénudées leur donnait un air méchant, leurs yeux étaient durs comme du silex, et Farber contemplait le spectacle le plus effrayant qu'il lui fût jamais donné de voir. Ils virent la femme, poussèrent un hurlement de rage et se jetèrent sur elle.

Liraun courut à leur rencontre.

Elle passa à côté de la femme, fit encore quelques pas en direction de la foule et s'arrêta, les bras écartés : elle attendit, impassible comme une statue, comme le roi Canut tentant de repousser la vague des envahisseurs.

Pour Farber qui, la peur au ventre, courait pour la rattraper, il s'écoula un long moment pendant lequel il crut que la foule n'allait pas s'arrêter et qu'elle allait piétiner Liraun pour s'emparer de l'autre femme. Mais, presque imperceptiblement, la foule ralentit pour s'immobiliser à quelques pas de Liraun, un peu comme une vague qui se meurt sur le sable.

Tous s'observaient en silence, Liraun et la foule aux cent yeux, aux cent têtes.

Puis, les bras toujours écartés, Liraun dit : « La chasse est terminée. Rentrez chez vous. »

La foule piétinait sur place tout en continuant d'émettre son sinistre bourdonnement, puis une des voix dit : « L'*opein* ! » et une autre : « Et l'*opein* ? » tandis qu'une autre criait : « C'est un *opein* ! Attrapons-la ! » Ils se remirent à avancer.

Liraun fit un nouveau pas en avant, les bras plus hauts cette fois-ci, retenant la foule comme si elle lui opposait un mur de force invisible. « *Opein* ou pas, cria Liraun, vous ne l'aurez pas : elle est à moi à présent, et l'*opeinad* est terminée. Rentrez chez vous ! » Sa voix était dure, cassante, pleine d'une autorité glacée. La foule ressentit aussi cette autorité et, à regret, elle réagit doucement : à l'arrière, un ou deux hommes tournèrent les talons pour s'en aller.

Derrière Liraun, la femme fit mine de se redresser.

Ce fut une erreur. La foule hurla en découvrant son visage, et un jeune homme du premier rang tenta de contourner Liraun. En sifflant, elle lui arracha sa torche et l'en frappa à plusieurs reprises sur la tête. Comme il tombait à terre et essayait d'éteindre les flammèches dans ses cheveux, Liraun fit tournoyer la torche autour de sa propre tête pour qu'elle brille avec encore plus d'éclat qu'une comète, et elle hurla : « Venez à moi ! Vous tous qui vivez sous la Mer, entendez-moi ! Venez à moi ! *Maintenant !* »

Et elle lança sa torche vers la foule.

Cela les dispersa. Ils quittèrent la place, certains en courant mais nullement décontenancés, d'autres la tête baissée, mais aucun ne s'arrêta ni ne se retourna.

Liraun les regarda, toujours aussi raide, le visage déformé par la fureur et la passion. Farber la contemplait avec stupéfaction, presque avec horreur, et il ne trouvait plus dans cette Walkyrie sauvage la Liraun qu'il croyait connaître.

L'autre femme se releva péniblement et Liraun ne fit rien pour l'aider. Son visage était couvert de sueur, de poussière et de sang, ses cheveux étaient emmêlés. Sans doute à cause d'une pierre qu'on lui avait lancée, sa tempe était violacée et commençait à enfler. Malgré son état lamentable, Farber se rendit compte, un peu étonné, qu'il la connaissait. Elle s'appelait Tamarane et était la femme du seigneur Vrome (le véritable titre de ce dernier était *hyrith'kumenäe*, « Détenteur héréditaire des Titres fonciers, en Main tierce, pour le Groupe dont il est l'Aîné), lequel avait certains liens de sang avec la famille de Genawen. Farber les avait rencontrés à plusieurs reprises dans la maison de Genawen, il avait aussi entendu ce qu'on disait d'elle : elle n'avait pas conçu au cours de deux *weinunid* successifs et on pensait qu'elle était stérile.

Liraun et Tamarane s'observaient, un peu comme Liraun et la foule quelques instants plus tôt, et il régnait entre elles le même type d'hostilité et de tension.

Tamarane finit par lui adresser une sorte de sourire malgré les blessures qu'elle portait au visage. « Eh bien, Mère, fit-elle d'une voix enrouée, un peu ironique, merci de m'avoir sauvé la vie.

— J'aurais dû les laisser vous tuer, dit Liraun d'un ton amer. J'aurais dû les laisser vous tuer. Mais je n'ai pas pu, je ne sais pourquoi... » Elle tituba. Elle n'était plus furieuse, mais soudainement pâle, vidée, épuisée. Farber tendit la main pour la rattraper.

Le visage de Tamarane changea également. « Liraun... », commença-t-elle à dire, d'une voix marquée par l'inquiétude et une certaine tendresse. Mais Liraun la coupa d'un geste de la main. « Je ne veux rien entendre de vous, dit-elle avec froideur. Et vous ne devrez plus parler à personne. Vous ne méritez plus ce privilège. » Le char s'avança alors et, avec l'aide de Farber, Liraun y monta. Elle ne devait plus adresser le moindre regard à Tamarane.

Quand le char s'éloigna en bringuebalant, Farber eut comme dernière vision de la scène, Tamarane qui, seule au milieu de la place, les regardait. Elle avait, sur son visage blessé, un curieux sourire, complexe, à la fois ironique et amer, tandis qu'elle se fondait dans l'obscurité.

Liraun refusa de dire quoi que ce soit à propos de cet incident, mais le lendemain, les camarades de travail de Farber ne parlaient que de cela. On avait découvert —

comment, Farber l'ignorait — que Tamarane n'était pas du tout stérile; en fait, elle avait pris *une drogue qui empêche la fécondité* (les Cian frémissaient d'horreur en relatant cela, et Farber s'étonna de ce que le mot « contraceptif » ne fît même pas partie de leur vocabulaire), et cette *drogue-qui-empêche-la-fécondité* avait été acquise pour une somme exorbitante dans les lointaines terres du sud. D'où l'*opeinad* : de toute évidence, seul un *opein*, ou une femme possédée par un *opein*, pouvait faire quelque chose d'aussi monstrueux, et il valait mieux la réduire à néant avant que l'*opein* ne contamine quelqu'un d'autre. Tous les compagnons de Farber s'étonnaient de la façon dont Liraun avait empêché l'*opeinad*, mais aucun ne le lui reprochait ou ne pensait à discuter son jugement : après tout, elle était « Celle Qui A Été Menée dans l'Harmonie », et en tant que telle, ses décisions étaient d'inspiration divine et par définition correctes, si incompréhensibles fussent-elles à des créatures aussi frustes qu'eux-mêmes — le plus gênant, c'est qu'ils incluaient Farber dans cette classification et, vu qu'il était trop humble pour les comprendre, ne prenaient même pas la peine de l'interroger sur les motivations de Liraun.

L'affaire Tamarane était cependant loin d'être terminée. Déjà, deux marchands fluviaux étrangers, soupçonnés d'avoir introduit dans Shasine la *drogue-qui-empêche-la-fécondité*, avaient été jetés en prison, et Tamarane elle-même avait disparu dans Penteville, le quartier qui, dans la région de Vandermont, au bord de l'Aome, regroupe les pensions et les hôtels pour étrangers. Personne ne lui ferait de mal puisqu'une Mère de Shasine l'avait prise sous sa protection, mais en même temps il était évident qu'elle ne pourrait rester éternellement à Aei — personne ne la servirait, ne l'abriterait ou ne ferait de commerce avec elle, hormis peut-être quelques marchands étrangers à la moralité douteuse, et une fois que Liraun ne serait plus Mère et que sa protection lui serait par conséquent retirée, l'*opeinad* pourrait alors de nouveau s'abattre sur Tamarane. Nombreux étaient ceux qui spéculaient sur ce que Tamarane ferait alors. Et plus nombreux encore ceux qui se demandaient si le seigneur Vrome en personne n'était pas complice du crime de sa femme. En tout cas, qu'il fût au courant ou pas, il était tombé dans une disgrâce profonde.

Plus tard, ce même jour, Farber reprit le funiculaire pour revenir dans la Vieille Ville. Il venait de déboucher sur l'Esplanade et se frayait un chemin parmi le monde rassemblé sur la Terrasse quand son attention fut attirée par le tintement brusque et insistant d'un triangle ou d'un gong. Il leva les yeux. Les mains sur la nuque, un homme se tenait sur le toit de l'une des bâtisses hautes de six étages qui bordaient l'Esplanade. Quelques pas derrière lui, un serviteur tenait un gong de bronze et un marteau. Le serviteur avait frappé sur le gong à coups redoublés jusqu'à ce que les ondes sonores aient envahi toute la Terrasse et que chacun ait levé la tête. Satisfait de voir tous les regards posés lui, l'homme écarta les bras, posa les mains sur sa poitrine et salua. Puis il s'avança au bord du toit, leva les bras comme le ferait un plongeur et se jeta dans le vide.

L'homme parut flotter longtemps au-dessus de Farber, les bras écartés, les cheveux flottant dans le vent, le visage serein, puis tout s'accéléra et il tomba très vite : il avait calculé son saut pour dépasser les limites de l'Esplanade et les courants aériens l'emportaient maintenant vers la Ville nouvelle. Il fit une chute de près de cent mètres en direction des toits de Brundane, finit par n'être pas plus gros qu'une marionnette, une tache, un point, avant de disparaître complètement, englouti par la distance et la mort.

Farber l'avait reconnu.

C'était le seigneur Vrome.

Ou plutôt, devrait-on dire, celui qui avait été le seigneur Vrome.

Une semaine ou deux plus tard, au couchant, alors que Farber empruntait l'une des ruelles sinueuses et étroites de la Vieille Ville, il se trouva face à face avec un homme qui venait de l'autre côté. Un rayon de soleil fugitif couleur de vin traversa un puits de poussière et de pierre noire pour illuminer le visage de l'homme.

C'était le seigneur Vrome.

Farber poussa un cri de surprise et se plaqua contre le mur, trop étonné pour être effrayé. « Seigneur Vrome ! » murmura-t-il, alors qu'il sentait le sang quitter son visage et ses lèvres s'engourdir. L'homme se retourna pour le regarder, le visage imperturbable, et dit : « Vous vous méprenez. Je ne suis pas le seigneur Vrome. Mon nom est Tanar *sur* Riné. » De la main, il écarta Farber, qui recula à son contact, et continua dans la ruelle ; en quelques pas, il disparut dans l'obscurité qui sentait le moisi.

Farber regarda longuement dans sa direction même quand il n'y eut plus rien à voir. *C'était* le seigneur Vrome : le visage était le même, trait pour trait, le corps, l'allure, la démarche, étaient les mêmes, seul le style des vêtements différait.

Mais en même temps, il était *impossible* que ce fût le seigneur Vrome.

Farber se remit en marche, saisi de frissons. Il jetait des regards apeurés vers les coins sombres devant lesquels il passait. Le silence inquiétant et le mystère de la Vieille Ville s'abattaient sur lui comme une main sur son épaule.

Cette nuit, Farber rêva qu'il était présent lors de la Création de la Vie.

C'était avant que tout existe, avant même les montagnes

et les océans, quand le monde était lisse et gris comme une boule de billard.

Farber — ou plutôt son regard, puisqu'il n'avait pas de corps — planait au-dessus d'une plaine cendrée qui semblait s'étendre à l'infini dans toutes les directions. Soudain, les dieux apparurent à l'horizon et contemplèrent le monde. Ils étaient au nombre de deux, immensément grands, vaguement humanoïdes, et leurs visages taillés à la serpe étaient aussi allongés que ceux des statues de l'île de Pâques. Très raides, les deux dieux — hauts de plusieurs kilomètres et accompagnés de la foudre et du tonnerre — s'avancèrent lourdement tandis que le sol de cendre s'enfonçait et fumait sous leur poids. Ils marchèrent droit devant eux, côte à côte, dépassèrent le regard de Farber et s'éloignèrent vers l'horizon pour être bientôt aussi plus petits que des totems et disparaître enfin derrière la courbure de la planète. Ils laissèrent derrière eux une double trace d'empreintes profondes : l'eau emplissait chacune d'elles, qui émettait une étrange lueur bleutée. Lentement, les empreintes s'élargirent, se mêlant les unes aux autres, dessinant des cercles toujours plus vastes, et les Créatures ancestrales qui habitaient la plaine cendrée, des créatures qui vivaient sans être vivantes ni avoir recours à la chair — les habitantes du Chaos primordial —, se retirèrent pleines de désarroi devant l'avancée inexorable de ces poches de causalité et de vie. Quand elles se rejoindraient, se fondant les unes aux autres après avoir envahi la planète, le Chaos serait exilé, le temps commencerait et ce serait la naissance de la Terre fertile.

Farber porta ailleurs son regard pour observer la mare liquide qui occupait l'empreinte du pied de l'un des dieux, et il découvrit la vie qui y grouillait.

La mare était emplie de vers.

Et chacun de ces vers avait le visage de Liraun.

15

Parfois, Jacawen *sur* Abut, le demi-oncle de Liraun, venait leur rendre visite. Ce geste était apparemment plus motivé par la coutume et la politesse que par l'affection familiale, car Liraun et Jacawen se montraient très distants l'un envers l'autre et la plupart de leurs échanges semblaient se conformer à un rituel. En revanche, Jacawen ne savait comment se comporter avec Farber. Il n'existait aucun rituel susceptible de lui dire comment faire — la situation était unique. Cet homme se trouvait là, il fallait traiter avec lui et une relation se devait d'être créée, mais laquelle ? Jacawen savait comment agir avec les êtres venus d'ailleurs : cela faisait partie de son travail, et une coutume appropriée était instaurée depuis longtemps. Mais qu'on le veuille ou non, Farber ne pouvait plus être considéré comme un être venu d'un autre monde — désormais lié par le sang à la Maison et à l'Arbre de Jacawen, il était, légalement, un parent. Malgré tous ses efforts, Jacawen ne parvenait pas à appliquer un rituel familial avec cet alien turbulent. De son côté, Farber ignorait tout de l'attitude à adopter, et cela rendait les choses encore plus difficiles. Il ne lui restait donc plus qu'une solution, traiter avec Farber de manière totalement improvisée, sans recourir à la coutume ou au rituel, sans même savoir ce que l'autre attendait de lui — une perspective particulièrement atroce pour un Cian, surtout lorsqu'il appartient à une caste aussi fière et aussi aristocratique que Jacawen.

Il convient d'être honnête à l'égard de Jacawen et de dire qu'il fit de son mieux. Comme chez les Apaches Netdahe ou les Yaqui-Yori de la Vieille Terre, sa philosophie professait une hostilité sans réserve à l'égard de tous les étrangers, de tous les intrus. Mais contrairement aux Netdahe, il n'était pas obligé de les tuer dès qu'il les voyait. Le contact social avec les êtres venus d'ailleurs passait, aux yeux des Hommes de l'Ombre, pour une condition répugnante mais inévitable du commerce interstellaire, lequel était considéré à son tour comme un mal nécessaire. L'angoisse existentielle cian ne débouchait jamais sur la violence — une violence à l'égard de certains groupes sociaux, bien qu'il existât de nombreux duels individuels. Mais un sentiment d'hostilité régnait. Jacawen se devait de considérer les étrangers avec un mépris teinté de politesse et d'être soupçonneux. Et c'est ce qu'il faisait. Il aurait eu du mal à réagir autrement avec eux. Il n'aimait pas Farber. Il n'avait pas une bonne opinion de lui — chez ce Terrien, tout puait un manque d'orthodoxie aussi agressif que contagieux. Il avait été horrifié par le mariage de Farber avec Liraun, et cela l'écartait à tout jamais du couple. Cette blessure ne guérirait jamais. Mais la coutume de son peuple l'obligeait à synchroniser son esprit avec cet étranger honni. Il était impensable qu'il pût le faire en affichant une plus grande tolérance à l'encontre de l'hétérodoxie de Farber — l'ignorance de la Voie n'était pas une excuse ; l'Harmonie pouvait se découvrir au cœur de toute chose, de tout être, et si Farber ne l'avait pas trouvée, c'est qu'il y avait péché par omission de sa part. En conséquence, et pour qu'il y ait synchronisation des esprits, c'était Farber qui devait changer. À cette fin, Jacawen passait de longues heures à expliquer patiemment à Farber ce qui, selon lui, n'allait pas dans le mode de vie des Hommes de la terre.

« Vous allez trop vite, lui dit-il une fois, reprenant sans le savoir les propos de Ferri. Vous ne faites pas preuve de patience. Vous ne comprenez pas ce que vous voyez, vous n'attendez pas que la compréhension se fasse et vous foncez, bien trop vite. » Il cligna des yeux, secoua la tête et chercha une expression. « Vous êtes tous si voraces. Vous êtes *agressifs*... » Il utilisa le terme cian, que l'on peut traduire par « La Bouche (Qui) A Toujours Faim ». « Vous êtes ambitieux... » Là, il utilisa le mot anglais, ce concept ne pouvant en aucun cas se traduire dans sa langue. « Et vous allez si vite que vous ne regardez pas le sol sous vos pieds et que vous écrasez tout ce qui vous entoure. Comme les créatures sauvages, vous êtes dangereux même lorsque vous n'êtes pas ouvertement hostiles. Vous êtes bien impliqués dans le monde extérieur, le monde de la chair et de la durée, et vous ne percevez pas l'intérieur du monde ou de vous-mêmes. C'est une maladie chez vous, une contamination, cette chose qui vous pousse à ne voir qu'un aspect parmi tant d'autres. » Il s'arrêta, et son visage, déjà sombre, devint sinistre. « Nous autres, Hommes de l'Ombre, avons également cette maladie, même si nous en souffrons bien moins. C'est pour cela que nous pouvons traiter avec vous, que nous pouvons vous comprendre. Nous sommes aberrants, anormaux, mais nous avons une finalité — le poids du gouvernement temporel repose sur nos épaules. Nous servons de tampons au reste de notre peuple. Nous sommes des barrières contre la contamination matérielle que répandent des créatures telles que vous. C'est notre fierté et notre chagrin — honneur sur nous qui préservons ainsi notre peuple, honte sur nous qui sommes assez souillés pour le faire. »

Et cela dura ainsi toute la nuit.

Farber ne comprenait pas. Et Jacawen ne comprenait pas Farber.

Au bout d'un moment, malgré la tradition, Jacawen cessa complètement de venir.

Farber commença à passer du temps en compagnie de Genawen *sur* Abut, père de Liraun et demi-frère aîné de Jacawen. Bien que faisant partie des Mille Familles, Genawen n'était pas un Homme de l'Ombre — on le devenait, on ne naissait pas dans ce culte — et ne paraissait pas partager le dégoût de Jacawen à l'égard des étrangers. C'était un vieil homme perspicace et jovial, qui dirigeait une grande maison avec fermeté et bienveillance. Sa demeure était une bâtisse de pierre dressée sur la place de l'Ascension, tout au bout de l'Esplanade.

La femme de Genawen était Mère de Shasine à cette époque, et cela leur donnait, à Farber et à lui, un sujet de conversation, bien que Genawen aimât se plaindre longuement de la façon dont sa femme traitait son personnel pendant cette période où elle avait de l'autorité sur lui. Mais ce qui troublait le plus Genawen, en ce moment précis, était ce que Farber prit pour une parade de cirque (sans animaux) qui se déroulait dans la cour intérieure.

« Qu'est-ce donc que cela ? interrogea Farber quand Genawen le conduisit dans le péristyle de la cour.

— C'est la répétition de la Procession de ma femme, répondit Genawen.

— Une Procession ? Mais qu'est-ce que c'est ? » s'enquit Farber.

Genawen s'immobilisa. Il contempla Farber avec étonnement. « Qu'est-ce qu'une Procession ? murmura-t-il d'une voix blanche avant de répéter : Qu'est-ce qu'une Procession ? Oh, ho ho ho ! Par le Premier Ancêtre mort, monsieur Farber, savez-vous que je ne sais pas trop vous dire ce que c'est ? Je n'ai jamais eu l'occasion de l'expliquer à qui que ce soit. Oh, ho ho ho ! » Genawen riait toujours en faisant « Ho ho ho ! » comme le Père Noël, en articulant parfaitement et sans jamais prononcer un « ho » de plus — ou un « ho » de moins. Le Père Noël, il lui ressemblait même un peu, sans la barbe : des sourcils broussailleux, des joues rebondies, un ventre bien rond. Depuis que sa femme était enceinte, il était en lactation, et ses six seins pesants s'agitaient quand il riait. « Voyons, comment pourrais-je expliquer ? » Genawen redevint sérieux. « Vous savez que ma femme, Owlinia, est une Mère et qu'elle est très proche du terme. Cela peut arriver d'un jour à l'autre, en fait. Eh bien, ces gens l'escorteront jusqu'à la Maison des Naissances quand elle sera prête — vous avez entendu parler des Maisons des Naissances, n'est-ce pas ?

— Oui, Liraun en a parlé l'autre jour.

— Eh bien, poursuivit Genawen, cette Procession l'escortera jusqu'à la Maison des Naissances en formant une sorte de… » Il chercha parmi son vocabulaire terrien.

« Une garde d'honneur ? suggéra Farber.

— Oui, fit Genawen, cela correspond assez bien à cela, même si vous ne devez pas oublier l'aspect religieux de la chose. C'est pourquoi ces hommes sont costumés, pourquoi certains portent des Talismans, des idoles comme vous diriez — même si ce n'est pas le même concept. La plupart représentent des Êtres de Pouvoir ou symbolisent les forces de la nature.

— Que représente celui-ci ? » dit Farber en montrant un Cian entièrement vêtu d'un costume gris couvert d'une sorte de fourrure duveteuse — de grands cercles rouges et noirs étaient peints autour de ses yeux et ses fausses canines dorées mesuraient près de trente centimètres de long.

« C'est l'un des Fœtus, répondit Genawen, et cela porte malheur de parler de ce qu'ils représentent, surtout pour des hommes dans notre position, avec des Mères prêtes à participer à la Procession. Un grand formalisme doit être observé, c'est pour cela qu'au moins deux représentants des Gens du Crépuscule participent à une Procession, un *twizan* et une *soúbrae*. »

Comme si elle répondait à un appel, une *soúbrae* choisit cet instant pour sortir d'un des bâtiments environnants et entrer dans la cour. Farber se rendit compte que c'était la même Vieille Femme au visage émacié qui avait participé à la Cérémonie du Nom de Liraun. Elle resplendissait comme un iceberg dans cette mer de costumes chatoyants, donnait des ordres d'un seul mot, d'un seul geste, d'un seul hochement de tête. Et on lui obéissait instantanément. La *soúbrae* s'arrêta un instant pour regarder Farber. Il lui rendit son regard. Il était évident qu'elle le reconnaissait. Elle gonfla les narines, lui adressa un regard froid et désapprobateur et reprit ses activités. Elle paraissait laisser un froid derrière elle.

« Je ne crois pas qu'elle m'aime beaucoup », dit Farber.

Genawen haussa les épaules.

« À propos, que signifie *soúbrae* ?

— C'est un mot archaïque, expliqua Genawen, cela signifie “la Stérile”.

— Elle en a bien l'air, dit Farber. Aussi sèche qu'un coup de trique. »

Genawen sourit. « Oh, ho ho ho ! Faites attention, monsieur Farber. Certaines ont du pouvoir. Elle pourrait tarir le lait de vos mamelles !

— Je ne m'inquiète pas trop, répondit Farber.

— Hein ? » fit Genawen. Puis : « Oh, ho ho ho ! » quand il saisit toute l'étendue de la plaisanterie.

Farber comptait. « Combien d'hommes dans cette Procession, une vingtaine ?

— Vingt-cinq très exactement. »

Farber siffla, puis fit claquer ses lèvres pour que Genawen comprenne — les Cian ne sifflaient pas quand ils étaient surpris. « Cela doit coûter cher. » Il parut soudain inquiet. « Je suis censé payer pour la Procession de Liraun ?

— Non, selon la coutume, le gouvernement finance toujours au moins une petite Procession pour une Mère de Shasine. Bien sûr, si vous voulez des marcheurs supplémentaires ou des costumes plus resplendissants, vous devez payer, comme je l'ai fait ici. Oh, ho ho ho ! je ne pourrai pas me permettre cela longtemps, par le Second Ancêtre mort, si Owlinia continue de malmener le budget de la maison… »

Farber ne l'écoutait plus. Dans un recoin de sa tête, une pensée cherchait à attirer son attention, mais elle ne faisait pas assez d'efforts pour cela.

Il n'y prit pas garde.

Une semaine plus tard, Farber rencontra à nouveau Genawen dans un petit parc situé au pied de la colline aux Cerfs-volants. Genawen et une jeune femme cian promenaient six bébés dans une sorte de chariot assez compliqué.

Farber les salua et Genawen insista pour prendre l'un des bébés et l'agiter avec enthousiasme sous le nez de Farber. Le bébé se mit à pleurer avec le même enthousiasme.

« Oh, ho ho ho ! dit Genawen. Une jolie portée, vous ne trouvez pas ? Écoutez-le brailler !

— Ils ont l'air en parfaite santé, dit Farber.

— Pour ça, oui », répondit Genawen. Il avait plaqué le bébé contre l'un de ses gros seins luisants, maintenant exposés à la mode des pères nourriciers. « Ils font mal quand ils tètent trop fort. »

Farber réprima un sourire. Ils demeurèrent un instant silencieux à contempler la Ville nouvelle tandis que Genawen allaitait un autre bébé affamé. La jeune femme se tenait toujours en retrait.

Genawen la remarqua enfin. Il lui fit signe de s'approcher et posa sa grosse main sur son épaule. Tous deux sourirent à Farber, Genawen avec enthousiasme et la jeune fille plus timidement. « Monsieur Farber, dit joyeusement Genawen, j'aimerais vous présenter ma nouvelle épouse. »

Cette fois-ci, Farber réussit à saisir la pensée tapie dans un recoin de sa tête.

Et il le regretta immédiatement.

16

Le lendemain, Farber quitta tôt son travail et se mit en quête d'une Maison des Naissances. Elles n'étaient pas faciles à trouver — le sens de la propriété cian voulait que ce fût des bâtiments parfaitement anonymes, et les Cian ne possédaient rien qui ressemblât à un annuaire téléphonique. En revanche l'un des camarades de travail de Farber avait conduit sa femme à une Maison des Naissances quelques jours auparavant et, bien qu'il eût obstinément refusé de répondre aux questions indiscrètes que le Terrien lui posait à propos du processus, Farber l'avait entendu décrire à ses amis l'itinéraire de la Procession. Farber avait donc une vague idée de l'emplacement d'une des Maisons des Naissances.

Il traversa à pied la Ville nouvelle d'Aei et suivit le fleuve jusqu'au front de mer. Il n'y avait pas de Maisons des Naissances dans la Vieille Ville : il l'avait appris au cours des derniers jours — apparemment c'était interdit. Il doutait qu'il y en eût également dans ce quartier ; il avait cru comprendre que les Maisons des Naissances se trouvaient dans des coins paisibles et reculés, non qu'elles fussent considérées comme honteuses, mais, justement, elles étaient si sacrées qu'elles ne devaient pas être inutilement polluées par le flot de la vie urbaine. Il marcha donc d'un pas rapide, presque au petit trot, jusqu'à ce que la ville s'amenuisât, puis il s'engagea sur la route du Nord. Là, il devait marcher lentement et bien ouvrir l'œil. La Maison des Naissances pouvait être n'importe où.

La route du Nord était parallèle au rivage de la mer Aînée, à quatre cents mètres environ de la paroi ininterrompue des Dunes. Farber suivit la côte pendant des kilomètres alors que les groupes épars de maisons qui constituaient la banlieue d'Aei se faisaient de moins en moins fréquents. Elles avaient toutes une utilité évidente — hangars, garages pour machines agricoles, ateliers de poterie — et aucune d'elles ne pouvait dissimuler une Maison des Naissances. Il continua donc de marcher. L'imposant monolithe de la Vieille Ville s'effaçait lentement derrière lui — son dédale de toits et de tours scintillait sur fond de ciel voilé de fin d'après-midi. Et quand il se fut évanoui, le monde s'ouvrit à lui, tout comme la cité avait cédé la place à la banlieue quand il s'était engagé sur la route du Nord. Il avait le sentiment que l'Œil de Dieu avait effectué un long mouvement de recul, comme quelque caméra de télévision surnaturelle, pour le réduire à un minuscule point noir perdu dans une immensité de blanc. Le vent avait le goût des étendues, de tous ces endroits où il ne s'était jamais rendu, des territoires inimaginables de ce monde étranger, ouvert jusqu'à l'horizon. C'était à la fois intimidant et terriblement enthousiasmant. Il eut conscience qu'il ne s'était jamais trouvé hors de portée de la Vieille Ville, que son expérience de Weinunach se limitait à un cercle de trente kilomètres alentour. Mais maintenant que les falaises d'obsidienne et son fardeau de tours sombres s'enfonçaient sous l'horizon comme un vaisseau fantôme aux mâts décharnés, Farber éprouva le besoin formidable de continuer à marcher, sans se préoccuper du but qu'il s'était fixé au départ. Marcher et traverser la plaine neigeuse jusqu'à ce qu'il ne reste plus rien d'Aei, jusqu'à ce que tout ce qu'il connaissait ait disparu — pour tout oublier de Liraun, de leur enfant, de Ferri, de la Terre, pour rejeter définitivement son ancienne vie, pour continuer jusqu'au jour où il rencontrerait une nouvelle ville où tout pourrait recommencer. Cette idée le parcourait comme une pulsion sexuelle, comme un courant électrique, comme un vent chaud et enivrant. Elle l'ébranlait et le faisait tituber. L'espace d'un instant, elle le chevaucha comme un succube avant de s'en aller, balayée par le vent. Il cligna les yeux. Il secoua la tête.

Il continua de marcher.

Toujours pas de Maison des Naissances.

La campagne environnante était enfouie sous au moins vingt-cinq centimètres de neige, bien que la route du Nord proprement dite fût dégagée. Rien ne poussait ici en dehors des arbres-des-neiges qui formaient des bouquets disséminés çà et là dans les collines, à l'ouest. C'étaient de grandes plantes transparentes et lustrées, ressemblant un peu à des asperges géantes ou à des haricots en cire, avec des cimes hérissées de feuilles couleur ébène. Héliotropes, elles traquaient le soleil qui glissait à l'horizon d'est en ouest. Elles fleurissaient en cette saison, au plus profond de l'hiver, et l'air était empli des nuées blanches de leur pollen. Pendant un certain temps, alors qu'il marchait sur la route, Farber éprouva un sentiment curieusement agréable de déjà vu qui persista jusqu'à ce qu'il en eût découvert la cause. C'était une journée étonnamment chaude pour la saison, pour Shasine en hiver, et le soleil brillant, le ciel bleu un peu brumeux, le pollen qui volette, tout cela se conjuguait pour évoquer — si l'on ignorait la neige — une journée printanière sur la Terre, un temps à se promener en manches de chemise, avec les oiseaux qui chantent, invisibles, dans le ciel lumineux, les nuées odorantes des fleurs de cerisier dans le vent et probablement un groupe d'enfants bruyants qui jouaient au ballon, quelque part. L'illusion était si réelle qu'il faillit enlever son manteau. Mais les « oiseaux » étaient en fait des lézards ou de petits marsupiaux ailés, le pollen avait un parfum âcre et ce qui se trouvait devant lui n'avait certainement rien d'un match de football. Cela le frappa en un clin d'œil et rompit l'illusion. Sans cesse, il retombait dans le piège des idées préconçues, des vieux modes de pensée et de perception impossibles à appliquer ici, et chaque fois Weinunach le trahissait et le ramenait brutalement à la réalité. Combien de temps lui faudrait-il pour comprendre, émotionnellement parlant, que ce n'était pas la Terre ?

Soudain il se mit à frissonner. Il y avait dans l'air un froid à vous geler jusqu'aux os que l'ensoleillement direct ne pouvait masquer que provisoirement. Un brusque tournant de la route le mit en présence d'une sorte de châsse déserte, un peu enfoncée dans le sol ; le mur arrondi qui la ceignait était décoré de fragments de marbre, de porcelaine et de céramique. La châsse proprement dite était encombrée de divinités de pierre, des dieux trapus hauts d'un bon mètre et pourvus de visages grotesques et de mains noueuses, d'un style et d'une facture vaguement aztèques. Il en reconnut quelques-uns. Les représentants du Peuple torride — jade ciselé incrusté d'argent et d'os — avaient été retournés afin de faire face au mur. Pendant tout le reste de l'hiver, ils se détourneraient d'un monde sur lequel ils n'avaient plus de contrôle et dont ils ne pouvaient en aucun cas alléger les souffrances. Le Peuple glacial — roche blanchie et obsidienne polie — occupait la partie avant de la châsse et dominait la route. Le visage de ses représentants était sombre, maussade et sauvage. Leurs yeux creux d'obsidienne semblaient le suivre quand il passa son chemin.

Quatre cents mètres environ après la châsse, Farber s'arrêta sur un petit monticule, épuisé, et chercha à reprendre son souffle. Derrière, la Vieille Ville se dressait

comme une souche plantée à la lisière du monde ; vers l'ouest, il pouvait voir les arbres d'un verger, dénudés par l'hiver, si lointains qu'ils ne paraissaient pas plus grands que des brindilles ; devant, au nord et à l'est, c'étaient les Dunes enveloppées de neige — comme une chaîne de montagnes en miniature — et la mer Aînée. L'eau était froide, métallique, stagnante, et la glace emprisonnait les plages. Pour tous bruits seuls régnaient le gémissement du vent, le crissement des blocs de glace qui se brisent et se reforment sous la lente poussée des vagues. La lumière commençait à décliner et il faisait de plus en plus froid. Le dénuement du paysage était incroyable — insupportable. Il ne restait rien à faire sinon se remettre en marche et revenir vers Aei. Il avait failli dans sa quête ; il avait parcouru près de cinq kilomètres depuis le croisement avec la route du Nord, et la Maison des Naissances ne pouvait se trouver aussi éloignée. À contrecœur, Farber se retourna. Il leva le pied pour faire le premier pas. Puis il hésita et le reposa doucement.

Le vent lui apportait un tintement cristallin.

Il crut un instant que c'était dans sa tête, une sorte de souvenir de son rêve de l'*Alàntene*, mais le volume sonore augmenta, cela se fit plus distinct, avec des arpèges dont les notes piquées se fichaient dans l'air ainsi que des pointes d'argent dans un bois noir de jais. Et, derrière cela, le lent roulement de tonnerre des tambours.

Farber regarda la route qui ramenait vers le sud, vers Aei, et rapidement il vit l'éclat un peu terne des masques de bronze et des hauberts de fer, le chatoiement des riches étoffes, le balancement des plumets, le reflet de l'ambre, de l'onyx et de l'améthyste. À cette distance, les silhouettes des marcheurs étaient toutes petites et collées les unes aux autres — on eût dit un mille-pattes fantastique, avec son corps recouvert de drap multicolore, ses dizaines de jambes infimes aux mouvements rythmés et ses pieds bottés qui claquaient sur la pierre à chaque pas. Dans le miroitement et le balancement, l'ondulation et le tintement de la musique qui le précédait, le mille-pattes quittait les collines pour s'avancer vers lui.

Il s'assit sur un rocher et attendit.

Dix minutes plus tard, la Procession arriva à sa hauteur. Toujours assis, il la regarda passer, sans manifester la moindre expression et immobile comme les statues de la châsse, bien que la pierre glaciale lui eût engourdi les fesses et que le froid commençât à s'infiltrer dans ses jambes. C'était la Procession d'une riche maisonnée, une des Mille Familles probablement. Elle était constituée d'une bonne vingtaine de marcheurs. En premier lieu venaient les personnages chargés de représenter les divinités — ils portaient des Talismans au bout de grands piquets ou directement sur leurs épaules, comme de fausses têtes —, puis le groupe des Gens du Crépuscule entourait la Mère ; c'étaient enfin les musiciens, avec leurs tambours, leurs *tikans* et leurs flûtes nasales. La marche était rapide et bien coordonnée, les musiciens jouaient avec entrain et les Talismans trônaient fièrement sur leurs piquets, même si certains devaient peser dans les quinze ou vingt kilos. Malgré son âge avancé, le *twizan* exécutait un pas dansant assez compliqué, bondissant d'un bord à l'autre de la route, tournoyant sur lui-même et jetant en l'air des poignées d'une fine poudre brune — son odeur rappelait la noix muscade et l'oignon, et elle donna à Farber envie d'éternuer. Le *twizan* respirait sans difficulté bien qu'il eût près de quatre-vingts ans. Farber avait oublié que les Cian jouissaient d'une formidable énergie. Une marche forcée de plusieurs kilomètres à des températures inférieures à zéro aurait certainement tué une Terrienne au dernier mois de sa grossesse ou provoqué une fausse couche ; malgré cela, la Mère était toujours alerte et marchait entre la *soûbrae* — cette vieille femme était grosse et pratiquement chauve, mais tout aussi glaciale que ses consœurs — et les personnages silencieux aux costumes de Fœtus. La Mère avait les traits tirés et le teint grisâtre. Sa peau luisait de sueur en dépit du froid. Parfois, elle titubait, mais la *soúbrae* la rattrapait. Et elle poursuivait sa marche.

Personne ne prêta attention à Farber, et il ne fit rien pour se faire remarquer. Il resta assis sur le rocher et ne dit rien ; la Procession mit peu de temps pour disparaître de l'autre côté de la colline, dans un bouquet d'arbres-des-neiges.

Il leur accorda cinq minutes avant de se lever et de les suivre.

La Maison des Naissances se trouvait encore à un bon kilomètre de là. C'était une structure basse et longue, au toit plat, faite d'une roche grise et grossière, donnant sur la route mais adossée à une petite colline : celle-ci y était probablement creusée. Il n'y avait pas de fenêtres et Farber ne voyait qu'une seule porte. C'était une bâtisse tout à fait anodine que l'on aurait aisément prise pour un entrepôt, mais la Procession forma un demi-cercle devant elle. Quand Farber arriva, ils étaient en train d'exécuter le Rituel de l'Imminence, celui qui célèbre le Grand Passage. Le dos un peu voûté à cause du froid, il les observa à une trentaine de mètres de distance. Il était parfaitement visible, mais à nouveau on l'ignora comme s'il n'existait pas — il n'avait rien à faire ici et, s'il choisissait de les espionner, cela ne faisait que trahir son absence de bon goût et sa goujaterie. Et nul ne se risquerait à être souillé en daignant le remarquer. Le rituel fut bref : après avoir été ointe par le *twizan*, la *soúbrae* escorta la Mère jusqu'à la Maison des Naissances et sa grande porte métallique. La porte s'ouvrit. On aperçut quelqu'un à l'intérieur, une vague silhouette vêtue de blanc. La Mère pénétra dans la Maison des Naissances. Et la porte se referma sur elle.

La *soúbrae* se retourna. La Procession était terminée.

Les marcheurs perdirent leur belle unité pour ne plus former qu'un agrégat d'individus. Ils revinrent vers Aei sans ordre particulier, bavardant et riant ; les musiciens avaient accroché leurs instruments dans le dos et ceux qui incarnaient les Dieux jeté leurs longues perches sur leurs épaules. La plupart lancèrent un vague regard à Farber quand ils passèrent devant lui. Seuls le *twizan* et la *soûbrae* ne s'intéressèrent pas à lui, mais leurs visages manifestaient la plus grande désapprobation. En quelques minutes, ils disparurent au bout de la route, et Farber se retrouva seul, à nouveau.

Il attendit.

Le vent marin gémissait et le soleil basculait vers l'horizon.

Rien ne bougeait — tout n'était que silence et froid, comme si le temps était en suspens.

Il attendit, gelé jusqu'aux os, recroquevillé sur lui-même pour se protéger du froid, et finit par faire des mouvements de gymnastique pour se réchauffer, sautillant sur place tout en se demandant ce que les Cian qui l'observaient probablement devaient penser de ce comportement peu orthodoxe. Il se sentait un peu ridicule mais cela ne l'empêchait pas de continuer : les battements de ses pieds faisaient revenir le sang dans ses jambes, son souffle jaillissait en violentes explosions de vapeur, comme un moteur d'antan qui prend de la vitesse. Patiemment, il attendit. Il resta devant la Maison des Naissances pendant encore une heure et demie tandis qu'autour de lui, le long après-midi se changeait en nuit. Pendant ce temps, deux autres Processions arrivèrent d'Aei. C'étaient des cortèges moins élaborés, organisés pour des maisons moins riches : ils n'avaient pas plus de douze membres et les costumes étaient bien moins somptueux. Les marcheurs l'ignorèrent, de même que les occupants de la Maison des Naissances l'avaient ignoré pendant les longs intervalles

séparant les Processions. Sous les yeux de Farber, les membres de la dernière Procession conduisirent la Mère jusqu'à la Maison des Naissances, allumèrent des torches à la fumée odorante — il faisait noir maintenant — et revinrent vers Aei. Les torches s'éloignèrent pour devenir aussi grandes que des allumettes puis disparurent l'une après l'autre. À nouveau Farber se retrouva seul devant la roche nue.

Trois femmes étaient entrées dans la Maison des Naissances.

Personne n'en était ressorti.

Grelottant de froid, Farber quitta brusquement la route pour s'enfoncer jusqu'aux genoux dans la neige. Il ne savait pas où il allait ni ce qu'il allait faire — comme une flèche qu'on décoche soudain, il avançait parce qu'il se sentait poussé à le faire. Une intuition l'avait conduit ici ; le soupçon l'y avait maintenu et c'était ce même soupçon, profondément chevillé en lui, qui claquait maintenant comme la corde d'un arc et le propulsait vers sa cible. Ce soupçon muet et sans fondement était irrationnel ; consciemment, il ne le nourrissait même pas encore. Mais, au niveau de l'inconscient, il l'avait pris en compte — maintenant, il recherchait une preuve. Il entreprit de faire le tour de la Maison des Naissances et passa entre des arbres dépouillés par l'hiver. Les brindilles craquaient sous ses pas comme des os et les branches les plus grosses menaçaient ses yeux. La neige lui arrivait jusqu'aux cuisses. Puis jusqu'à la taille. Il avançait péniblement, comme un élan, afin de s'ouvrir un chemin. Il longeait la paroi grise et neutre de la Maison des Naissances. Tout en luttant contre la neige, il regarda la bâtisse avec un sourire nerveux. Il n'y avait même pas de fenêtre.

De l'autre côté de la colline, il trouva une autre porte. C'était une simple planche de bois bardée de fer, une sorte d'écoutille, enchâssée dans le flanc de la colline couverte de neige. Devant la porte, sur un espace qui semblait avoir été piétiné, reposaient deux boîtes de forme oblongue et mesurant plus d'un mètre de longueur. *Des ordures*, voilà ce que Farber pensa en premier, vu la banalité du spectacle. Mais ces boîtes étaient faites de bois dur, non verni mais parfaitement raboté, et elles paraissaient robustes et de belle facture. Personne n'aurait pris tant de soin pour des ordures. Il se préparait à les regarder de plus près quand la porte émit un bruit métallique assez fort, suivi d'un raclement. Farber s'immobilisa, tapi dans la neige, et observa.

La porte s'ouvrit toute grande. Une lumière jaune se déversa sur la neige tassée. Deux techniciens cian en tunique argentée émergèrent du tunnel : ils portaient à deux une des boîtes oblongues. Ils la déposèrent près des autres boîtes et parlèrent à voix basse pendant quelques instants. Leur souffle formait une vapeur argent et bleue dans la lumière vive du tunnel et leurs ombres s'allongeaient indéfiniment dans le paysage hivernal. Puis ils rentrèrent. La porte se referma. La lumière s'éteignit.

Farber descendit la pente sur les fesses, continua de glisser quand le sol redevint plat — sur le dos cette fois-ci, et les jambes en l'air, car il avait pris trop de vitesse pour s'immobiliser — et s'arrêta contre un monticule de neige. Il se releva, épousseta la neige de ses vêtements et s'avança prudemment pour voir ce qu'il y avait à voir. Il remarqua une sorte de piste qui partait de la zone dégagée devant la porte pour s'en aller en direction du nord-ouest, vers les collines engourdies par l'hiver. C'était à peine plus qu'un chemin dessiné dans la neige, mais Farber aurait parié qu'il servait à emporter les boîtes en les faisant tracter par des mille-pattes ou quelque autre grosse bête de trait. Il s'avança sur la neige tassée et guetta une alarme. Rien ne se produisit. Nerveusement, il s'avança vers les boîtes et s'agenouilla auprès de l'une d'elles. Il fit courir ses mains dessus, explorant les moindres recoins et arrachant des échardes au bois. Il tenta de soulever le couvercle. Celui-ci était cloué, apparemment, mais pas trop serré. Il décida de tenter sa chance. Il enfonça ses doigts sous le couvercle et trouva un point d'appui. Il prit son souffle et le retint, se gonflant comme un crapaud. Ses mains robustes étaient tendues, ses poignets crispés, ses épaules courbées — il y eut un craquement sec de bois qui se fend, et le couvercle se souleva. Il se redressa et chercha à reprendre sa respiration. Les deux lunes les plus brillantes s'étaient levées et éclairaient le ciel comme des météorites — elles projetaient une lumière laiteuse sur le paysage de neige, mais on ne voyait pas encore très bien et l'ombre double qu'elles projetaient n'arrangeait rien. Farber cligna des yeux puis, délicatement, il glissa la main dans la boîte et fouilla. Ses mains rencontrèrent quelque chose de lisse et de dur — cela roula à son contact, mais il s'en empara à nouveau et le sortit prestement de la boîte pour le présenter à la lumière.

C'était un crâne.

Farber émit un grognement, comme s'il avait reçu un coup de poing dans l'estomac, et le laissa tomber. Le crâne heurta la neige tassée avec un bruit mou avant de rouler sur lui-même. Le monde palpita et le temps s'arrêta — Farber était immobile, les doigts détendus comme ils l'avaient été quand il avait laissé tomber le crâne, et cela dura une décennie, un siècle, un millénaire —, puis il y eut une nouvelle palpitation, et le temps redémarra. Le monde tournait à toute allure autour de sa tête et Farber recula brusquement. Il s'assit sur ses talons et secoua convulsivement les mains comme s'il avait touché quelque chose de très chaud, fermant les yeux pour les rouvrir instantanément. Le spasme passa, et le monde cessa de tourner. Il posa une main sur sa gorge et l'en enleva aussitôt. « Non », dit-il très fort, d'une voix presque neutre. Il découvrit qu'il souriait, involontairement, sans gaieté, qu'il souriait d'horreur. Mais en même temps, une partie de lui-même lui disait : *Tu savais ce que tu allais trouver*, sans manifester la moindre surprise, la moindre frayeur, la moindre passion. Il cligna des yeux. Alors il plongea à nouveau la main dans la boîte. Des choses mortes et fragiles roulaient sous ses doigts. Leur contact était froid, désagréable. *Comme de la porcelaine*, pensa-t-il un peu bêtement. Des os. Des côtes, des vertèbres, des doigts, des fémurs, un bassin.

Il se traîna jusqu'à la boîte voisine — rampant sur les mains et les pieds, sans même prendre la peine de se mettre debout, comme un crabe — et l'ouvrit sans se préoccuper du bruit que cela faisait, la frappant comme un sauvage du plat de la main, puis le couvercle se souleva très lentement, comme un papillon qui s'envole. Une longue écharde s'était fichée sous un de ses ongles, mais il s'en moqua. Insouciant, il plongea les mains dans la boîte et en ressortit une pleine brassée d'ossements. Des os, encore des os. À nouveau il s'immobilisa, le visage tourné vers le ciel, silhouette grotesque avec ses bras pleins d'os blancs et fragiles, semblable à une goule surprise à ramasser du bois mort. Un vide étrange et dangereux s'était fait en lui, qui attendait d'être comblé par la panique et l'horreur, deux sentiments qu'il savait vivre en lui mais dont il était encore protégé comme par une fine couche de verre. Calmement, patiemment, tapi dans le noir, il attendit que le verre se brise.

Derrière lui, la porte émit un sourd déclic.

Le verre se brisa. Le vide s'emplit. Avant même que la lumière du tunnel pût inonder le paysage, Farber détala comme un chat et laissa tomber les ossements. Trois bonds lui suffirent pour atteindre la lisière de la zone dégagée, puis ce fut la pente verglacée qu'il remonta en s'aidant des mains et des pieds, des coudes, des genoux et des ongles, avant de s'élancer entre les monticules, fendant la neige, tombant parfois lorsqu'elle était trop épaisse. Un cri rauque retentit derrière lui, et il courut encore plus vite, levant les genoux le plus haut possible à chaque pas. Soudain il arriva sur la route, brutalement, au point de tomber, mais il se releva et se mit à courir. Le hasard voulut que ce fût en direction du sud et d'Aei, car il n'était pas en état de se repérer. Son esprit avait démissionné devant une telle surcharge de panique et de terreur superstitieuse. Mais son corps avait l'ordre de courir le plus vite possible et, pour cela, la chaussée dure et sèche sous ses pieds ainsi que l'absence soudaine de monticules de neige étaient une bénédiction. Il courut, donc.

Quelque part dans la nuit étouffante retentit un autre cri rauque. Mais plus faible cette fois-ci, assourdi par la distance.

Farber courut sans s'arrêter.

17

Après cela, Farber fut bien incapable de se rappeler comment il avait regagné Aei. Le froid, ses mouvements chaotiques, la nuit, les étoiles qui dansaient autour de sa tête, sa respiration bruyante, détestable à ses propres oreilles. Il courut ou trotta la plupart du temps, ralentissant parfois lorsqu'il était essoufflé pour reprendre sa course lorsque sa respiration se stabilisait. Il ne regarda jamais derrière lui. Parfois, il trébuchait dans le noir et tombait — roulant sur le sol quand il avait de la chance, s'égratignant sur les cailloux quand il n'en avait pas —, mais il se relevait toujours très vite et repartait. Il courait parce que c'était la seule chose à faire, pour se défendre du froid surprenant, mais aussi pour échapper à cette horreur qui s'accrochait à ses talons comme une ombre vaste et noire, s'arrêtant quand lui-même s'arrêtait, le regardait de ses yeux inexistants, le suivait à nouveau quand il repartait, patiente, infatigable.

Il allait atteindre Aei quand elle le rattrapa et l'engloutit d'un seul coup, le ramenant à ses *pensées*, des pensées qui s'écrivaient sans qu'on pût les arrêter sur le tableau noir de son esprit. Mon Dieu, comment pouvait-il annoncer cela à Liraun ? Elle ne le croirait pas. *Comment* pourrait-elle le croire ? Comment pouvait-il la convaincre, lui faire entrevoir la monstrueuse tromperie dont les femmes de sa race étaient victimes depuis… Seigneur, des centaines d'années ? Des millénaires ? Combien de victimes pendant tout ce temps ? L'horreur et la pitié lui étreignirent le cœur. Ces millions de femmes qui s'étaient rendues sans le savoir au massacre, qui avaient joyeusement suivi le rituel sans savoir où cela les mènerait et qui avaient cru les pieux mensonges de leurs bouchers. Ensuite, c'était la Maison des Naissances, la porte qui se referme, la terreur et le choc soudains, les couteaux. Le carnage. Et l'enterrement ignoble au pied des collines. Tout cela à cause d'une obscure superstition, d'une paranoïa divine, d'une folie meurtrière ! Les lumières pastel de la Ville nouvelle brillaient languissamment. Fébrile, grelottant, il courut vers elles.

Au croisement de la route du Nord et de l'avenue du Fleuve, il tomba encore une fois, brutalement, dévalant la pente raide sur le ventre pendant une dizaine de mètres tandis que les graviers s'enfonçaient dans ses mains et dans son visage. L'impact l'abasourdit un instant et il resta là, allongé, le souffle rauque. Quand il souleva la tête, son regard se porta irrésistiblement au-delà des toits bas de la Ville nouvelle, vers la falaise d'obsidienne qui les dominait — si impérieusement qu'elle écrasait toute autre vision —, puis, remontant le long de la roche noire, vers la pierre froide de la Vieille Ville d'Aei. Il la regardait fixement quand une émotion s'empara de lui, si profonde et complexe que sa vue se brouilla et que la Vieille Ville parut vaciller au sommet de la falaise.

Il se retrouva ensuite à parcourir ses rues étroites et secrètes.

De la roche noire, de hautes murailles, des portes closes. Puis l'Esplanade, en direction de la colline aux Cerfs-volants.

La Rangée. Sa propre maison, une lueur orange qui

sourd par les fenêtres. Comme il s'approchait de la porte, celle-ci s'ouvrit, et Jacawen apparut.

Les deux hommes s'immobilisèrent et se toisèrent. Puis Jacawen referma la porte derrière lui et s'avança très lentement. Jusqu'à cet instant, Farber avait connu la terreur, la panique et le désarroi, mais il n'avait pas eu le temps d'éprouver de la colère. Elle s'abattait sur lui à présent, en une énorme vague de haine et de fureur, alors qu'il voyait la petite silhouette sombre marcher doucement sur lui. Tout était de la faute d'hommes comme lui, ces Hommes de l'Ombre, avec leur noirceur d'esprit et leurs âmes dures, impitoyables. C'étaient eux qui voulaient lui arracher Liraun pour la détruire. Jacawen fit halte — ils étaient pratiquement l'un contre l'autre. Tendus, les yeux dans les yeux, chacun fit instinctivement un pas ou deux sur la gauche de l'autre. Le regard de Jacawen était intense, déterminé. Farber dut serrer les poings pour s'interdire de le frapper. Il ne put soutenir longtemps ce regard qui avait la dureté et l'éclat de l'agate ; malgré lui, ses propres yeux cherchaient à l'éviter. Jacawen dit alors calmement : « *Hatatha*, salutations à vous. » Farber répondit avec brusquerie. Jacawen hocha poliment la tête et se remit en marche. Farber se plaqua au mur pour le laisser passer : l'idée de le toucher lui était parue soudainement répugnante. Farber entra précipitamment dans la maison.

Assise sur une chaise, Liraun lui dit : « Joseph ? » Puis elle s'arrêta de parler. Les vêtements de Farber étaient sales et déchirés, il portait une dizaine d'égratignures et il y avait du sang séché sur son visage. Il avait un air épouvantable. Liraun le regardait avec stupeur.

« Qu'est-ce qu'il faisait là ? demanda Farber.

— Mon mari...

— *Qu'est-ce qu'il faisait là ?*

— Je ne comprends pas, dit Liraun en se levant avec difficulté. Tu parles de Jacawen ?

— Oui. Je ne veux pas le voir ici, et je ne veux pas qu'il traîne autour de toi quand je ne suis pas là, c'est compris ?

— Mais… » Elle eut un geste timide et faillit lui prendre le bras, mais laissa retomber sa main avant même de le toucher. « Il est venu, dit-elle d'une voix plus assurée, pour prendre les dernières dispositions en vue de ma Procession. Je me rendrai demain à la Maison des Naissances.

— Oh, fit Farber.

— C'est pour cela que j'étais si inquiète quand je ne t'ai pas vu revenir, dit-elle alors qu'il gardait obstinément le silence. Tu vois, mon temps est compté. Quelques jours peut-être, *në ?* Ils ne me laisseront pas attendre plus longtemps. Jacawen va s'occuper de tout, il réglera les frais comme s'il s'agissait d'un cadeau d'anniversaire, nous ne devons pas nous inquiéter, et nous avons jusqu'au matin, Joseph… » Elle s'arrêta de parler et lui adressa un regard plaintif, un peu effrayé, comme si elle ne le comprenait pas. « Tu es mon mari. Je voulais que nous soyons ensemble. Joseph… »

Farber saisit une chaise derrière lui et se laissa tomber dessus. Toute sa fureur l'avait abandonné. Il avait l'air malade. « Liraun, dit-il d'une voix douloureuse.

— Qu'est-ce que tu as ? s'écria-t-elle, encore plus inquiète.

— Mon Dieu, Liraun », fit-il. Sa voix était maintenant terne et sans relief. Il était effondré, complètement abattu, et Liraun se tenait devant lui, pleine d'appréhension. Il leva péniblement la main comme pour l'écarter avant de s'empoigner les cheveux et de dire : « Mon Dieu, comment je vais pouvoir te dire ça ? »

Aussitôt Liraun s'écria : « Mais qu'est-ce qu'il y a ? »,

mais Farber ne l'entendit pas, et en même temps il dit : « Il le faut, pourtant, il le faut. »

Après ces paroles confuses, il y eut un instant de silence. Il la regarda comme si, ce soir, il la reconnaissait vraiment pour la première fois. « Assieds-toi », dit-il. Elle le contempla sans bien comprendre, haussa les épaules et reprit sa chaise. Un autre silence, avec le sentiment sous-jacent que l'esprit de Farber remontait de quelque abîme de noirceur. Il prit sa résolution, bien malgré lui. « Liraun, dit-il, je veux que tu essayes de comprendre ceci, que tu essayes aussi de me croire. D'accord ? Je sais que cela ne sera pas facile, mais je ne veux pas que cela t'arrive… Je vais te protéger. » Liraun, avec impatience : « Joseph, de quoi… », mais d'un geste il la réduisit au silence et reprit : « *Écoute-moi*, nom de Dieu. » Un silence nerveux, puis d'un seul coup, comme pour en finir : « Liraun, essaie de comprendre. Si tu les laisses t'emmener à la Maison des Naissances, tu ne reviendras jamais. Ils te tueront.

— Je sais », dit Liraun.

Une absence d'expression, puis il recommença depuis le début. « Non, chérie. Écoute-moi… Tu vas mourir. Tu seras *morte*.

— Oui, je le sais.

— Oh », fit Farber assez stupidement. Son visage redevint vide.

« Joseph, fit-elle avec une certaine agitation, pourquoi devons-nous parler de cela *maintenant* ? Pourquoi…

— Attends une minute, dit-il lentement, avec un certain affolement. Tu veux dire que tu sais ? » Il semblait totalement désemparé. Puis son visage trahit son trouble. « Mon Dieu, oh, mon Dieu ! *Tu l'as toujours su !*

— Joseph, je t'en prie », fit-elle. Et lui, en même temps : « Et tu ne m'en as rien dit ! »

Ils échangèrent un regard farouche, comme des bêtes aux abois.

« Joseph…

— Pourquoi ne m'as-tu rien dit ? »

Complètement abasourdie, elle se mit à pleurer. « Mais je l'ai fait. *Je te l'ai dit…* »

Cela le glaça. Peut-être l'avait-elle fait. Quand elle parlait de philosophie, il n'y comprenait jamais grand-chose. Il était facile de se perdre dans ce labyrinthe d'allégories et de non-dit. Oui, peut-être l'avait-elle fait. Mais… Il s'était levé sous le coup de la passion, mais sa force le quittait à nouveau, et il voulut se rattraper à sa chaise. Il ne la trouva pas et ses mains s'agitaient de manière pathétique. Sa bouche s'ouvrait doucement sans émettre le moindre son.

Pour la première fois, Liraun se mit à pleurer sans se cacher.

« Allons », dit-il en la regardant d'un air perplexe comme s'il était un écolier et qu'elle fût un problème qu'il devait résoudre, si tu savais… accepter une telle chose, les laisser faire… « Il faut que tu sois dingue », fit-il en tremblant, toutes ses défenses balayées par l'horreur de la chose. « Il faut que tu sois dingue ! Oh mon Dieu, mon Dieu ! »

Elle, désespérément : « Non… je ne le “laisse” pas faire… Ne crois pas… Joseph ! »

Mais il ne l'écoutait plus. Il la contemplait dans la fascination la plus totale. Il l'avait regardée chaque jour et chaque nuit depuis des mois, mais il ne l'avait jamais vue. Jamais. Elle lui était étrangère. Il ne l'avait jamais comprise.

« Ce soir nous devons nous rappeler et apprécier tout ce que nous avons été ensemble », lui dit l'étrangère.

Il recula.

« Je t'en prie, c'est la dernière nuit que nous aurons », dit l'étrangère.

Il se détourna d'elle.

« Joseph ! » s'écria l'étrangère.
Sourd et aveugle, il s'enfuit en courant.

Démarche hésitante, vacillements, vent humide, roche froide, terre noire sous ses pas.
Il descendit jusqu'à la Ville nouvelle.

18

C'était la nuit de l'une des Pâques mineures, l'Imminence du Printemps, et dans la Ville nouvelle les rues étaient emplies de lumière. Elle ruisselait sur les masques des démons, scintillait sur les costumes couverts de pierreries et faisait d'étranges amalgames de chair, d'étoffe et d'ombre. Quelqu'un avait édifié un bûcher sur la place du Potier et les flammes creusaient des trous dans le ciel. Le bruit était assourdissant. La musique perçait entre deux silences soudains. Les rues de céramique, les places et les ruelles étaient encombrées de demi-dieux ivres et caracolants. Ils s'accrochaient à Farber comme pour l'obliger à faire la fête avec eux, et il les repoussait brutalement. À coups de coudes et de genoux, il se frayait un chemin parmi la foule comme une coulée d'encre qui s'insinue dans une riche tapisserie. L'air sentait le gingembre, la résine et le musc. Un démon portant un masque en bois hérissé de cornes lui offrit une bouteille de vin à moitié pleine. Il la rejeta. Le visage du démon fut englouti par la foule.

Walpurgisnacht, songea-t-il. La nuit de Walpurgis.

Il trouva un cabaret alors que le feu d'artifice dessinait des novae pastel derrière les toits de tuile. L'endroit était poussiéreux, sombre et presque vide. Les rares clients se perdaient dans leurs pensées et ils ne s'occupèrent pas de lui. Il acheta au tenancier une flasque de liqueur très forte et s'installa dans le coin le plus reculé de la salle.

Il resta avec sa bouteille pendant près d'une heure, le regard rivé sur les aspérités de la table, inconscient du temps qui passe.

Quand il releva les yeux, Tamarane était assise à sa table.

Surpris, il cligna des yeux. Il ne l'avait pas entendue entrer, il en était persuadé — elle était apparue devant lui comme de la fumée, comme un spectre au visage douloureux.

« Mes amis m'ont dit que vous étiez ici, le Terrien, lui dit Tamarane. Je suis venue voir quel genre d'individu vous étiez.

— Et quel genre d'individu je suis ? lui demanda-t-il, amer.

— Je ne sais pas… un individu bizarre. Indigne de la mort de Liraun, en tout cas. »

Farber rougit. « Écoutez, vous…

— Elle était la meilleure d'entre nous, vous savez cela ? dit Tamarane sans s'occuper de lui. Je ne le lui ai jamais dit, nous n'avons jamais été très proches, mais elle était la meilleure d'entre nous. Et maintenant il est trop tard pour le lui dire. Maintenant, elle est morte.

— Foutue sorcière ! Elle n'est pas encore morte !

— Si, elle l'est », dit calmement Tamarane. Elle l'observa avec beaucoup d'attention mais sans manifester la moindre passion, comme s'il était un spécimen de laboratoire. « Vous l'avez lamentablement déçue, vous savez cela ? Elle a toujours été la rebelle, la solitaire, l'étrangère — quand elle m'a sauvée de l'*opeinad*, personne d'autre n'aurait fait cela dans tout Aei. Elle avait la possibilité de se sauver d'ici, de ce pays sinistre à mourir, de mépriser les coutumes et de s'enfuir loin de Shasine. Pourtant elle n'y a pas échappé ; malgré toute sa défiance et sa rébellion, son indépendance et son mépris des conséquences, elle n'a pas pu se débarrasser totalement de la coutume alors que certaines d'entre nous, moins braves pourtant, l'ont fait dans le silence en faisant semblant d'obéir. Elle méritait quelqu'un qui l'aurait aidée à aller jusqu'au bout. Mais vous, vous êtes arrivé et vous l'avez laissée tomber.

— Ce n'est pas moi qui ai inventé vos coutumes barbares, lança Farber, le souffle rauque. Je ne *vous* ai pas vue beaucoup l'aider, non ? Je ne vous ai pas entendue lui dire comment elle pourrait s'en sortir. Après tout, vous saviez pour toutes ces horreurs — pas moi. Non, tout ce que je vois, c'est que vous faites semblant d'être une épouse bien loyale comme toutes les autres et que vous la bouclez, d'accord ? »

Tamarane regarda ses mains, pliant et dépliant ses doigts, et un long silence s'installa entre eux.

« Moi aussi, je l'ai déçue, dit-elle enfin. Nous l'avons toutes déçue. Et elle aussi, elle s'est fourvoyée — elle aurait pu s'en sortir et elle ne l'a pas fait. Bon Dieu ! s'écria-t-elle en utilisant cette expression terrienne. Elle n'aurait pas pu faire un peu plus d'efforts ? » Ses petits yeux noirs étaient braqués sur Farber. « Et vous ? Vous n'avez rien vu, vous n'auriez pas pu l'aider? Quant à moi… » Ses yeux se ternirent pour devenir opaques et il y eut un autre long silence. « Il y a trop de mutisme, trop de peur, trop de choses vécues au jour le jour, trop d'occasions de se laisser aller à la facilité. Pas assez de questions, de discussions, de travail. Nous nous sommes tous trompés, oui, tous. »

Elle but longuement à la bouteille de Farber, frissonna et se leva. « Ce soir je vais descendre le fleuve, dit-elle. Je vais aller vers le sud en bateau jusqu'à Katrine, comme un contrebandier. Il y a d'autres endroits en ce monde en dehors de Shasine, après tout, d'autres villes qu'Aei, même si les Hommes de l'Ombre feignent de ne pas le croire. C'est cela que vous auriez dû faire avec votre femme, le Terrien — il y a bien longtemps, avant qu'il ne soit trop tard.

— Il n'est pas trop tard, dit Farber avec obstination. J'ai encore le temps de faire cela plus tard, si je le veux, et peut-être que je le ferai un de ces jours. Ce n'est pas une mauvaise idée, même si c'est difficile d'échapper complètement à l'influence de Shasine sur cette misérable planète. » Il agita la main devant Tamarane. « Vous ne comptez pas sur moi, hein ? Mais vous avez tort. Je protégerai Liraun, ne vous inquiétez pas pour ça — je la protégerai même d'elle-même s'il le faut. Il ne lui arrivera rien tant que je serai là ! »

Tamarane le regarda d'un air narquois : l'ironie revenait en force sur son visage maintenant que la douleur et la culpabilité l'avaient quitté. « Quand tout cela sera terminé, le Terrien, rappelez-vous bien ceci : les Hommes de l'Ombre auraient pu sauver Liraun s'ils l'avaient voulu. Ils pourraient toutes nous sauver. Ils ont le savoir et la technologie… Mais j'oubliais, on ne peut pas contrarier la religion, n'est-ce pas ? Et puis les Pâques sont *si* belles… » Elle fit la grimace. Son visage meurtri reflétait une douleur très complexe. « Au revoir, le Terrien, dit-elle. Je ne vous veux pas de mal, mais je regrette que vous ne soyez pas resté là-bas, que vous ne soyez pas mort là-bas… sur Terre.

— Au revoir, Tamarane, dit Farber. J'aimerais dire qu'on vous regrettera par ici, mais bon Dieu, je crois que ce ne sera le cas pour personne.

— Oh, je reviendrai ! fit Tamarane, presque joviale à présent. La vie à Shasine est une chose dure et inflexible ? Les choses dures sont fragiles. » Elle sourit. « Et les choses fragiles se brisent. »

Elle sortit.

Farber demanda une autre bouteille. Avec froideur, il remarqua que ses mains tremblaient.

Pour la première fois depuis plusieurs mois, il but jusqu'à oublier qui il était.

Quand il se réveilla, le lendemain matin, il se sentait comme un cadavre. Aucune partie de son corps ne semblait vouloir fonctionner correctement. Les Cian, qui l'avaient laissé somnoler seul dans son coin toute la nuit, le couvraient d'opprobre. Mais lui les regardait sans la moindre honte. Le tenancier, le visage déformé par le dégoût, suggéra poliment que, puisque son établissement était trop modeste pour le servir selon son rang, Farber pourrait faire à un autre cabaret l'honneur de sa clientèle.

Dans le petit matin, la sueur et la puanteur.

19

« Je ne peux pas vous aider, dit Ferri. Keane me tuerait.

— Et c'est moi qui vous tuerai si vous ne le faites pas », lui répondit Farber.

Ferri regarda de travers Farber et sentit que son visage pâlissait brusquement. Il y avait quelque chose dans la voix de Farber qu'il n'avait jamais entendu précédemment, une dureté, une lassitude, une sorte de désespoir absolu. Tout cela se manifestait également sur ses traits : il était froid et dépourvu de toute expression, comme un mannequin de cire, et ses yeux ressemblaient à deux billes de plomb. Il était affalé sur sa chaise comme s'il était trop lourd pour se déplacer. Pourtant c'était cette lourdeur même qui était de mauvais augure : son instinct lui disait qu'un être doté d'une telle inertie devait disposer d'une formidable énergie cinétique quand il se mettait enfin en mouvement. Ferri accepta soudain l'idée que Farber fût capable de le tuer, pas tant par passion que par obstination : parce que Ferri obstruait la seule route que Farber savait pouvoir suivre et parce que cet homme n'avait pas la force de s'en tracer une nouvelle.

Nerveusement, Ferri se lécha les lèvres.

« Écoutez, Joe, dit Ferri d'une voix qui se voulait aussi raisonnable que possible, cette chose que vous avez découverte, ce meurtre rituel des Mères… c'est justement le facteur manquant dans l'équation sociale qui s'impose à nous, et cela explique beaucoup de choses. Votre deuxième “seigneur Vrome”, par exemple. Même avec des naissances multiples, même avec une majorité de bébés de sexe féminin, leur population connaîtrait un déclin lent et inévitable s'ils perdaient chaque fois la mère, surtout quand on sait qu'un certain pourcentage de femmes est stérile. Une spirale descendante. Ils doivent cloner certains individus, des individus importants, pour ramener la population à son niveau habituel. C'est une solution génétiquement boiteuse à long terme, mais c'est faisable et cela explique peut-être pourquoi cette société est statique depuis si longtemps.

« Vous ne vous rendez pas compte à quel point cela joue sur toute la société ? Avec du recul, il est facile de voir comment cela se répercute en toutes choses, dans l'art, la religion, la vie domestique. Cette inscription sur le monument, par exemple. Vous vous souvenez ? Celle que vous ne pouviez pas lire. Elle signifie : “Par le Sacrifice, la Vie”, à quelque chose près. Il y a des centaines de choses comme ça, sous nos yeux en permanence, qui prouvent — rétrospectivement — que le Cian moyen ne se contente pas d'accepter le sacrifice des Mères : il croit au plus profond de son être que c'est une chose sacrée. Il ne s'agit pas seulement des Hommes de l'Ombre : vous ne pouvez dire cela, en dépit de l'aversion que vous nourrissez à leur égard — même s'ils furent les premiers responsables de l'endoctrinement des masses, il y a des millénaires de cela. Aujourd'hui, c'est une caractéristique qui marque chaque aspect de leur culture. » Il regarda Farber dans les yeux et s'empressa de tourner la tête. « Bon sang, vous ne comprenez pas à quel point c'est difficile de rejeter une tradition aussi fermement ancrée ? Rappelez-vous, *les femmes l'acceptent aussi*. C'est pour eux une chose sacrée ; en fait, pour elles, c'est transcendantal, cela leur permet d'avoir un statut de divinité, même si ce n'est que pour quelques mois. Liraun est imprégnée de tous les préjugés et de toutes les valeurs de sa société. Je vous avais tout de même bien dit de ne pas jouer au jeu de rôles avec ces gens. Vous traitez Liraun comme une nouvelle Madame Butterfly, mais elle n'a rien de cela — elle est l'une des responsables du gouvernement de Shasine, un leader de la société et, dans les circonstances présentes, elle tient plus de la grande prêtresse que de la victime. Il faut que vous arriviez à comprendre ça. Voyez les choses en face — il est trop tard pour faire quoi que ce soit, pour changer quoi que ce soit.

— Ça marchera», dit Farber. Son accent revenait, comme toujours en cas de stress extrême, et il avait en fait dit «za margera» comme un Prussien de comédie. «J'ai eu pas mal de temps pour penser à tout ça la nuit dernière.» Il ferma les yeux d'un air las. «Elle s'en tirera. Une fois qu'elle aura l'enfant, elle comprendra qu'elle n'a pas besoin de mourir, elle verra que la foudre ne s'abat pas sur elle parce qu'elle ne s'est pas rendue à la Maison des Naissances — ce sera dur, j'en suis persuadé, mais elle y arrivera. Je la rééduquerai.

— Non, ça ne marchera pas, dit platement Ferri.

— Bordel, il y a intérêt!» s'écria Farber. Ses yeux s'ouvrirent tout grands — ils étaient ternes et maussades, comme ceux d'une tortue hargneuse. «Je refuse d'abandonner ma femme à une superstition aussi païenne que sanguinaire. Vous m'avez bien compris? Et vous allez m'aider!»

Ferri s'essuya la face — il était livide. Très soigneusement, il dit : «Cela va poser de sérieux problèmes. Vous le savez très bien. Je ne crois pas que ce genre de situation se soit jamais présenté — les Cian n'y sont absolument pas prêts. Dieu sait comment ils réagiront, mais je doute que ce soit avec flegme. Si vous donnez un coup de pied dans la fourmilière, Keane ne va pas tarder à être au courant, soyez-en assuré.

— Il y est déjà, dit Farber. Vous savez ce que j'ai fait ce matin ? continua-t-il d'une voix à la légèreté artificielle. Avant de venir ici ? J'ai appelé Keane et je lui ai demandé si je pouvais faire entrer Liraun à l'hôpital de la Coop. J'ai rampé devant lui pour lui demander cela. Est-ce que j'ai besoin de vous dire ce qu'il m'a répondu ? Non, je ne crois pas. C'est facile à deviner, non ? » Il haussa les épaules avec une certaine désinvolture. « Liraun devra donc avoir son bébé à la maison. Et c'est vous qui l'accoucherez.

— *Je ne peux pas* », dit Ferri. Il avait l'air malade. « Joe, écoutez-moi. Je ne peux pas vous aider aussi ouvertement. Vous savez que Keane vous a dans le nez. Si j'accouchais Liraun, il l'apprendrait et je me retrouverais, moi aussi, dans le collimateur. Il adresse des rapports sur mon compte à Cornell, vous le savez bien. *Écoutez-moi*, bon Dieu. Un rapport catastrophique de sa part ruinerait ma carrière et invaliderait cette expédition ainsi que le travail que j'y ai fait. Je perdrais mon autorité…

— Vous allez m'aider oui ou non ? » dit Farber. Sa voix était redevenue très calme et son visage impassible. Il ne bougeait absolument plus.

« Seigneur », fit Ferri. Il tendit la main vers le verre qui reposait, intact, sur une desserte, puis la retira avec une grimace : le contact de ses doigts avec le verre humide semblait avoir quelque chose de répugnant. Il porta ses doigts à ses lèvres comme pour les sucer. « Écoutez, Joe, dit-il, voilà ce que je peux faire pour vous. J'ai ici un scanner, je l'ai emprunté à la Coop. Je vais l'utiliser pour vous faire suivre un cours subliminal sur l'accouchement, cela prendra à peu près une heure. On a un programme là-dessus, "Notions d'obstétrique" ou quelque chose comme ça. Vous pourrez ensuite rentrer chez vous et accoucher

Liraun. Keane n'en saura absolument rien. D'accord ?» Il adressa un clin d'œil à Farber, comme s'il était soulagé d'avoir trouvé la solution définitive. Malgré cela, ses mains tremblaient doucement.

Farber resta longtemps silencieux. « Et en cas de complications ? dit-il enfin.

— C'est peu probable, répondit Ferri. Dans quatre-vingt-dix pour cent des cas, on ne rencontre aucun problème que l'on ne puisse résoudre grâce au cours subliminal. Et puis n'oubliez pas que les femmes font ça toutes seules depuis des milliers d'années.» Devant le regard peu satisfait de Farber, il s'enflamma : « Bon sang, mais qu'est-ce que vous attendez donc de moi ?» Puis il s'avoua battu : « Okay, écoutez-moi. Vous pourrez emprunter le diagnosticateur. On le doit aux Jejun. C'est un appareil formidable. En le repliant, on arrive à le faire tenir dans un sac à dos, mais c'est terriblement lourd. Pour l'amour du ciel, faites-y bien attention — cela a au moins un siècle d'avance sur n'importe quel appareillage médical terrien et, en plus, cela coûte une petite fortune. Je n'en ai qu'un parce que je travaille sur le terrain. Ça marche par télémétrie, je contrôlerai tout, et quand le grand moment sera venu, s'il y a le moindre problème, je prendrai les choses en main. Mais je ne serai pas là à côté de vous, oh non ! Si nous faisons bien attention et si vous vous montrez discret, mon ami, Keane n'en saura absolument rien. D'accord ? Et je vous jure, ajouta-t-il d'un air offensif, que c'est vraiment le maximum que je puisse faire. C'est à prendre ou à laisser.»

Après un autre interminable silence, Farber parut se détendre un peu pour la première fois, et il s'affala sur les coussins. À nouveau il ferma les yeux.

« D'accord, dit-il, je prends.»

Ferri vida son verre sans respirer.

Farber fit encore une halte sur le chemin du retour, cette fois chez un économe au visage chafouin qui travaillait au mess de la Coop.

Farber lui acheta une arme.

C'était une arme à projectile d'occasion, démodée, une parmi toutes celles qui circulaient sur le marché noir de la Coop. Une arme bien loin d'arriver à la hauteur des lasers utilisés par les gardes d'honneur de l'Enclave.

Mais elle était en parfait état de marche.

20

Des pensées grises, des pensées coagulées. Farber prit le funiculaire pour regagner la Vieille Ville. Il regardait la mer pastel des toits défiler sous la cabine et se disait : *Je ne les laisserai pas faire*. Il répéta cette phrase à haute voix, mais les Cian qui voyageaient avec lui étaient trop polis pour le dévisager. Peut-être s'éloignèrent-ils très discrètement de lui, peut-être pas. Farber ne leur prêtait pas la moindre attention. « Elle n'est pas responsable, annonça-t-il, elle ne sait pas ce qu'elle fait. » Il était pratiquement arrivé ; il sentait son estomac et ses cuisses se crisper comme s'il se préparait inconsciemment au combat. La cabine franchit l'aiguillage avant d'atteindre la station, des zébrures se dessinèrent sur les vitres, les parois frémirent. Il posa le front contre le métal froid et vibrant et fut instantanément envahi par l'odeur du corps de Liraun, par le goût de sa chair secrète, la texture de sa peau, sa voix, ses yeux calmes, la douce pression de ses mains, de sa bouche et de sa langue — un souvenir plus animal qu'une simple réminiscence. Elle était en lui, et il s'étonna qu'elle n'ait pas laissé de marques visibles sur sa peau. *Je ne les laisserai pas faire*, se dit-il à nouveau. « Je ne les laisserai pas la toucher », déclara-t-il sur le ton de la conversation au Cian qui se trouvait à côté de lui.

L'homme lui sourit machinalement et s'écarta. La cabine s'immobilisa.

Il se dirigeait vers la colline aux Cerfs-volants quand il entendit la musique.

Il se mit à courir, lourdement, écrasé par le poids du sac à dos, raide à cause du manque de sommeil et de la gueule de bois, mais couvrant tout de même la distance. Il tourna au coin d'une rue et déboucha dans la Rangée, et ils étaient là : une grande Procession arrêtée devant sa maison, dans le tumulte des tambours et des *tikans*, avec des Talismans dressés. Au premier rang de la Procession se tenaient le *twizan* et la *soûbrae*. Sur un côté, Genawen, qui souriait à tout le monde, avec son bonheur quasi insolent. Tout au long de la Rangée, des gens avaient passé la tête par la fenêtre pour regarder, et toute la scène avait le caractère à la fois formel, festif et bon enfant d'une parade organisée pour la fête nationale.

Farber se sentit glacé jusqu'aux os.

Il s'avança d'un pas raide, s'interdisant de courir et redoutant ce qui pourrait advenir si sa colère se libérait complètement. Il accéléra pour parcourir les derniers mètres et heurta la foule amassée comme un requin qui percute une carcasse sanglante. Il traversa la Procession, poussant, frappant puis ramassant les petits hommes pour les écarter, bien plus brutalement qu'il ne s'était comporté avec la foule la nuit précédente et se moquant totalement que quelqu'un pût être blessé. Un Talisman tomba de sa perche et son poids entraîna son porteur avec lui. Un autre — une sorte de tête enflée et grotesque — vacilla comme un ivrogne. Le son d'une flûte nasale s'interrompit en un gloussement quand Farber tapa dans le dos d'un musicien. Un *tikan* tomba entre ses pieds et il le piétina avec un plaisir certain. Il y eut un cri puis un autre, ainsi que des sons discordants de l'arrière de la Procession jusqu'à l'avant tandis que Farber se frayait un chemin parmi les musiciens. Quand il ressortit, la musique s'arrêta complètement.

Le *twizan* se dressa devant lui. « Citoyen… », commença-t-il d'un ton conciliant, mais Farber le repoussa brutalement. Il se dirigea vers la porte de sa maison et se retourna brusquement.

Haletant, il contempla la foule.

Et la foule le regardait, silencieuse et abasourdie. Le *twizan* à genoux, sur le point de se relever. La *soûbrae* — celle qui avait participé à la Cérémonie du Nom de Liraun — qui posait sur lui son regard de glace. Genawen, un grand sourire stupidement figé sur son visage. Le reste des marcheurs en plein désarroi. Tout était silencieux.

Farber tremblait de tous ses membres mais voulait donner une image de parfaite maîtrise de soi. La peur et la fureur le poussaient à parler, mais il lui fallut un certain temps avant de retrouver sa voix.

« Partez ! » cria-t-il d'une voix rauque.

Le gros visage de Genawen s'effondra pour signifier sa consternation. « Joseph… », dit-il d'une voix grêle, incrédule.

Le *twizan* s'était relevé et il reculait.

« *Allez-vous-en !* hurla Farber. *Allez au diable !* » Il avait bien d'autres choses à leur dire, mais il avait de plus en plus de mal à se contrôler et sa voix se brouilla complètement tandis qu'il continuait de hurler. Il s'avança vers eux en balançant les bras.

La Vieille Femme semblait vouloir lui tenir tête, mais le *twizan* épouvanté la saisit par le bras au dernier moment et la tira en arrière. À contrecœur, elle laissa le *twizan* l'emmener, sans cesser un seul instant de toiser Farber, le visage pareil à de la pierre et les yeux brillants de haine. Genawen hésita, mais Farber le poussa et lui cria pratiquement en pleine figure, et lui aussi céda, titubant, tombant presque, l'air blessé et totalement affolé. Farber les suivit sur quelques mètres puis il s'arrêta, essoufflé. Il cria à nouveau, par dérision.

Abasourdis, horrifiés, ils laissèrent Farber les renvoyer.

Après la retraite de ses trois principaux membres, la Procession fit elle aussi volte-face. En quelques secondes, elle se changea en une sorte de débandade au ralenti : tout le monde dévalait la Rangée, confus et démoralisé, et les visages affichaient le désarroi le plus absolu. Farber attendit jusqu'à ce qu'il fût certain qu'ils étaient tous partis, puis il rentra dans sa maison.

Liraun était assise près du foyer, l'air pâle et fatigué. Debout à côté d'elle, le dos tourné à Farber, il y avait là Mordana, le fils de Jacawen. Il se tenait penché au-dessus d'elle, une main posée sur le bras de son fauteuil, et il lui parlait d'une voix lente et persuasive. Il avait les traits tirés. Elle ne cessait de secouer la tête d'un air las, et Mordana insistait.

Farber vit rouge. Il traversa la pièce en trois grandes enjambées, posa une grosse main calleuse sur l'épaule de Mordana et le tira vers la sortie.

Mordana émit un sifflement et se retourna avec une vitesse surprenante, ce qui lui permit de se dégager de l'emprise de Farber. Un couteau apparut dans son poing, comme par magie.

Farber recula en titubant : il se sentit subitement maladroit, lent et vulnérable, un golem aux pieds d'argile opposé à une créature ayant à la fois la grâce et la férocité du tigre. De la main ouverte, il eut un geste d'avertissement un peu maladroit. C'était tout à fait inefficace, même à ses propres yeux, et il éprouva alors une gêne incongrue qui ralentit encore ses mouvements. Pas un seul instant il ne pensa au pistolet rangé dans son sac à dos. Il fit encore un pas en arrière — il avait l'impression de nager dans du sirop.

Mordana se ramassa et se lança en avant, les bras tendus, près du sol, tandis que la pointe de son couteau dessinait dans l'air des cercles minuscules. Son visage était tendu et reflétait son sérieux. Ses yeux étaient vitreux sous l'effet de la fureur. Il se mit à marcher de guingois, comme un crabe, avançant d'un pas chaque fois qu'il en faisait deux ou trois sur le côté et tournant autour de Farber afin de l'obliger à avoir le soleil dans les yeux. Comme engourdi, Farber se laissait faire — il se sentait lourd et stupide, et il gardait la main tendue, paume ouverte, comme si cela lui avait suffi à repousser le couteau, très doucement, ainsi qu'une chose proposée mais que l'on ne désire pas. Il cligna des yeux quand le soleil le frappa en plein visage. Instantanément, Mordana se jeta sur lui et visa au ventre.

« Mordana ! » cria Liraun.

Elle avait retrouvé sa voix et s'était levée. Le sang avait quitté son visage. Elle titubait.

Mordana s'arrêta en plein élan comme si une corde l'avait tiré en arrière. Il jeta un coup d'œil à Liraun avant de la regarder avec plus d'intensité. Puis, contre son gré, le visage grimaçant, il se redressa. Il s'ébroua, comme un chat, pour redevenir distant et maître de lui. Le couteau disparut — Farber n'aurait pu dire comment. Mordana adressa un signe de tête courtois à Liraun, fit demi-tour, cracha délibérément aux pieds de Farber et s'empressa de sortir de la maison.

Farber et Liraun se retrouvèrent seuls dans un formidable silence.

« Assieds-toi avant de tomber », dit finalement Farber avec moins d'autorité qu'il ne l'aurait souhaité. Tremblant, il baignait dans une sueur froide et sa voix trahissait son émoi.

Liraun ne l'écouta pas. Elle s'était arc-boutée contre le dossier de son siège et elle regardait au-delà de son mari. Quelque chose de complexe arrivait à son visage, il se durcissait et affichait une grande détermination. Elle finit par poser les yeux sur lui. Son regard était calme, inflexible et, en cet instant, presque effrayant. Elle abandonna le fauteuil et se tint droite pour le regarder face à face. « Écoute-moi, Joseph, dit-elle calmement. Je vais sortir pour aller les retrouver.

— Sûrement pas, lâcha Farber.

— Tu n'as pas le droit de me retenir ici, Joseph. C'est mal.

— Je ne veux pas parler de ça, dit-il avec obstination. Assieds-toi. Assieds-toi et reste tranquille, pour l'amour du ciel. » Il se pinça l'arête du nez. « Il faut que je réfléchisse. » Puis, plus las : « Tu ne *veux* pas t'asseoir ?

— Tu ne comprends pas…

— Eh bien non, je ne comprends pas ! Je ne comprends rien du tout ! » Il s'étonna de la dureté de sa voix. Ce sursaut l'avait poussé à faire deux pas en avant, mais cela s'arrêta là. Il s'immobilisa, les épaules voûtées. Liraun l'observait attentivement, l'air très dur malgré le doux renflement de son ventre. Les derniers jours de sa grossesse semblaient l'avoir investie d'une étrange invulnérabilité, d'une force irrésistible. Mal à l'aise, il se demanda s'il parviendrait à l'arrêter. « Écoute, on va arranger ça, mais tu n'iras nulle part, d'accord ?

— C'est très mal de faire ça, dit-elle assez platement. Cela détruira toute l'Harmonie.

— Mais les laisser te balancer comme des ordures, ça, c'est normal, dit-il d'un ton maussade. Te mettre dans une boîte, creuser un trou dans les collines et te recouvrir de terre, ça, c'est normal pour toi. C'est tout à fait normal.

— Ce qui restera de moi quand je serai morte ne vaudra pas plus que des ordures, dit-elle avec sérénité. La chair est récupérée ; on s'en sert : comme matériau génétique pour les Tailleurs, comme engrais. Les os sont ensevelis avec respect, oui, mais sans cérémonie inutile —

toutes les parties sacrées en ont été retirées, tu ne vois donc pas ? »

Farber se détourna. Son visage s'était affaissé. Ses mains tremblaient. « Tu me donnes envie de vomir, murmura-t-il. Seigneur, je ne peux pas… Tu es cinglée. Mais pourquoi ? Comment peux-tu…

— Joseph ! s'écria-t-elle, la voix teintée de douleur pour la première fois. Je ne veux plus en parler. C'est la partie la plus intime de toute mon existence, cela se joue entre moi et les Êtres de Pouvoir, et c'est si mal d'en parler, même à toi. Tu ne comprends donc pas ?

— Un tabou », fit-il avec mépris.

Elle ne saisit pas ce qu'il voulait dire. « Joseph, je dois y aller à présent. » Sa voix était maintenant tendue, mal assurée. « Je t'en prie… laisse-moi partir avec ta bénédiction et ton amour. Cela voudra dire tant de choses pour moi.

— Assieds-toi », dit Farber.

L'air sombre, Liraun pinça les lèvres. Elle se tourna vers la porte.

« Tu es ma femme ! cria Farber.

— Et tu es mon mari, dit-elle de sa nouvelle voix tandis qu'elle traversait lentement, péniblement, la pièce. Mais mes enfants appartiennent à mon peuple. Rien ne doit les mettre en danger. Pas même toi. »

Farber se plaça devant elle, mais elle continuait d'avancer. Il se sentait fatigué, découragé, amer, et, pendant un instant — quand il réfléchit à l'effort émotionnel qu'il lui faudrait déployer pour la retenir —, il fut tenté de céder et de s'écarter pour la laisser partir, pour la laisser faire ce qu'elle désirait tant. D'une certaine façon, ce serait un soulagement. D'une certaine façon, il serait satisfait de voir toute cette histoire se terminer, quel qu'en fût le prix à payer. Il serait presque heureux. Mais cette pensée entraîna immédiatement un insupportable sentiment de culpabilité. Incapable d'y faire front, il trouva en lui une braise de fureur et la ranima. Tout cela en moins d'une seconde : de sorte que, quand Liraun arriva sur lui, il avait les muscles tendus et le visage empourpré. Il tendit les mains et la saisit par les bras. Une flamme sauvage brillait dans les yeux de Liraun. Sans un mot, ils luttèrent l'un avec l'autre, prenant tour à tour le dessus, sans que jamais leurs pieds bougent vraiment. Elle était étonnamment forte, pas assez toutefois pour se débarrasser de lui. Apparemment, elle s'en rendit compte — son visage était crispé, ses yeux désespérés. Ses lèvres s'étaient retroussées sur ses canines et Farber se demanda — avec une frayeur non dissimulée — si elle allait essayer de le mordre. Au lieu de cela, elle se mit à s'agiter en tous sens, haletante, comme un oiseau pris au filet, avec une telle frénésie que Farber redouta de la voir se blesser toute seule. Sans la moindre passion, presque machinalement, il la frappa au visage.

Elle s'effondra dans ses bras. Il la soutint, trop épuisé pour éprouver beaucoup de remords. Il s'en était même un peu délecté. Liraun se faisait lourde. Il essaya de la redresser et constata qu'elle restait ainsi qu'il l'avait placée, ses muscles changeant de forme comme de la glaise quand il leur appliquait une pression constante. Elle n'était pas consciente. Ses yeux étaient ouverts, mais vides, opaques. Un petit filet de sang luisant coulait au coin de sa bouche.

Comme une poupée de chiffon, elle le laissa l'emmener vers une chaise.

Elle ne dit pas un mot. Longuement il lui parla, la câlinant, lui expliquant, la suppliant, l'admonestant pour finir par exploser et se mettre à crier. Rien n'y fit — elle ne répondait pas. Rien n'indiquait même qu'elle l'entendait ou qu'elle était consciente de son environnement. Elle était tout simplement assise là, où il l'avait posée, immobile, les mains sur les genoux.

Il finit par abandonner. Il tourna quelque temps dans la pièce avant de revenir auprès de Liraun et de s'asseoir à côté d'elle. Il se demanda s'il n'avait rien oublié. Il avait mis en marche le diagnosticateur et appelé Ferri pour s'assurer que la liaison s'effectuait correctement. Ce matin, il avait engagé une nourrice, un homme bourru, d'âge mûr, qui se maintenait en lactation permanente grâce à l'injection d'hormones artificielles. Il avait son pistolet, bien rangé dans sa ceinture. Il le tira et vérifia le chargeur. Il y avait au moins quelque chose en sa faveur : la ville ne semblait pas avoir de police, pas comme on l'entend sur Terre, en tout cas. Les Cian s'appuyaient surtout sur la tradition et les tabous ainsi que sur la pression des pairs : la terrible menace de l'ostracisme. Mais le système n'était pas conçu pour prendre en compte un non-conformiste tel que lui. Il existait des médecins chargés de traiter les fous, les ivrognes invétérés ou ceux qui parfois se révoltaient, mais, contrairement aux Terriens, les Cian n'étaient pas assez hypocrites pour le qualifier de dément uniquement parce qu'il tenait à faire des choses qu'eux-mêmes réprouvaient. Pas encore, en tout cas. Les Gens du Crépuscule faisaient office d'arbitres en cas de controverses éthiques ; il leur arrivait même d'intervenir lors de duels plus formels, mais ils n'avaient pas le pouvoir de châtier. Que restait-il alors ? Le lynchage ? Il leur faudrait un certain temps pour s'y résoudre. La religion ? La persuasion morale ? Devrait-il les tuer tous ?

Il remit le chargeur en place et rangea l'arme dans sa ceinture. Il espérait ne pas avoir à leur tirer dessus. D'un air las, il se prit la tête dans les mains. Toute sa colère s'était tarie pour le laisser vide et malade. S'il avait pu imaginer un moyen de s'arracher à cette situation, il l'aurait adopté. Mais il n'y en avait pas.

Il attendit, dans le silence, alors que le jour commençait à se retirer de la pièce où il se trouvait.

Assis dans la pénombre à côté de son épouse catatonique, il lui apparut alors que Ferri avait raison quand ils parlaient d'eux, des Terriens. Ils avaient tort, d'un bout à l'autre. Ils étaient venus pour de mauvaises raisons et n'avaient pas cherché ce qu'il fallait, arrivant au mauvais moment et fouillant aux mauvais endroits. Ils avaient transporté leurs erreurs avec eux, engageant pour cela des sommes extraordinaires et parcourant des centaines d'années-lumière — mais ils avaient commis la même litanie d'erreurs sur leur planète d'origine et vécu de façon tout aussi erronée : voyez dans quel état se trouvait la Terre quand les Enye leur avaient fait le don ambivalent des étoiles. Il lui semblait que les gouvernements terrestres avaient commis une erreur raciale fondamentale — et probablement fatale — en envoyant des hommes comme ceux de l'Enclave représenter la Terre au sein de la galaxie. Les pires d'entre eux, les émissaires, étaient superficiels, aigris, névrosés, des machines aux réflexes bien conformistes, fiers de leur efficacité même quand ils n'aboutissaient à rien. La Terre avait certainement mieux que cela à proposer. Même les meilleurs d'entre eux — Ferri, par exemple — avaient à plusieurs reprises démontré qu'ils étaient incapables de prendre les Cian pour *des gens*, et cette fausse objectivité avait perverti les observations qu'elle était censée protéger. En fin de compte, Ferri n'avait pas aidé Farber par intérêt ou par sympathie, mais uniquement parce qu'il avait peur de voir Farber faire usage de violence à son encontre. Même lui, Farber, si fier d'être un « artiste »... Son travail devait être bien inoffensif pour que la Coop accepte de l'envoyer vers les étoiles faire la chronique de ses activités. Il y avait un autre nom pour un artiste soutenu par un gouvernement. Un médiocre ? Une pute ?

Il les entendit qui revenaient. Les Cian.

Maladroitement, il se releva et regarda autour de lui en

clignant des yeux. « Liraun ? » appela-t-il, conscient de ce que sa voix pouvait avoir de plat et de terne dans le silence poussiéreux. Elle ne remua pas, ne répondit pas — elle était assise, inerte, doucement éclairée dans la pièce qui s'assombrissait, pareille à une statue d'ébène. À l'extérieur : les bruits de la foule, les murmures, les pas qui se rapprochaient. Il s'appuya contre un mur et s'efforça de réveiller la rage qui, il le savait, lui serait nécessaire pour survivre à tout ça. Il n'y parvint pas. Mais, oubliant sa fatigue, il découvrit en lui un mélange de peur, de culpabilité et de fierté blessée dont il devrait se contenter.

Farber sortit. Le soir tombait. Tout au bout de la Rangée, encadrée de roche noire et comme posée sur les pavés de la rue, la Femme de Feu le regardait du bout d'un tunnel de maçonnerie — œil rouge et sans paupière qui observe, impartial, au microscope. Pour la première fois depuis des mois, il faisait assez chaud pour qu'il pleuve. Une brume légère flottait dans la rue, formant des perles d'eau sur les fenêtres et faisant suinter les vieux murs de pierre. Le vent qui la portait sentait le printemps, la terre riche et humide. Le printemps était encore loin, mais il arrivait, assez vite pour que le Peuple glacial s'agite sur son trône de roche et de glace, pour qu'il le tire de ses rêveries glacées et l'incite à penser à élaborer un ultime coup de froid assassin. Farber regarda. C'était la Procession de Liraun, qui revenait à la charge. Les instruments de musique étaient muets, à l'exception des tambours qui scandaient une marche lente ; puis, quand les membres de la Procession occupèrent l'espace devant la maison de Farber, eux aussi firent silence. Il n'y avait personne d'autre en vue ; tout au long de la Rangée, les portes étaient closes, les fenêtres fermées derrière leurs volets. Farber s'avança puis s'arrêta, bien campé sur ses jambes.

Des dizaines d'yeux le regardaient, luisants comme des pierres jaunes et humides.

Le *twizan* émergea de la foule. Il paraissait nerveux quoique déterminé. « Citoyen, dit-il, nous sommes venus chercher notre fille. Amenez-la-nous. »

Farber tira son pistolet.

« Citoyen, reprit le *twizan*, vous ne devez pas essayer de nous en empêcher. Les choses ne peuvent se dérouler autrement. Depuis l'époque du Premier Ancêtre…

— C'est vous qui allez m'écouter à présent, dit Farber d'une voix calme tout en baissant son arme. Liraun ne viendra pas avec vous. Il n'y aura pas de Procession, ni maintenant ni plus tard. Vous comprenez ça ? Maintenant quittez ma maison. Allez-vous-en, tous ! »

Le *twizan* hésita, se tourna vers la *soúbrae* dont le visage était à la fois glacial et inflexible, puis regarda Farber. Il se ressaisit et fit un pas en avant. Puis un autre. La Procession se pressait derrière lui avec les Talismans brandis très haut — la Femme de Feu projetait leurs ombres difformes sur Farber et ceignait son visage de bandes noires.

Farber leva son pistolet. Sur sa gauche, un des Talismans était plus grand que tous les autres : une grosse tête rougeoyante, aux joues gonflées, qui représentait la Personne des Vents — en fait, un ballon de cuir empli de gaz chaud, un modèle que l'on ne sortait que dans les Processions les plus huppées et qui nécessitait l'intervention de deux porteurs. Farber tira dessus. La détonation du pistolet à gros calibre fut telle dans cette petite rue encaissée qu'elle pétrifia tout le monde, Farber compris. Seule la tête de la Personne des Vents était en mouvement : elle ondula, une ride la parcourut d'une oreille à l'autre et elle enfla démesurément pendant un instant puis, dans un sifflement de désarroi, elle se replia sur elle-même : les joues gonflées se creusèrent comme celle d'un malade, les yeux sauvages retombèrent sur le nez qui, à son tour, s'effondra sur la bouche, la lèvre inférieure enfla comme si la tête était comprimée et l'énorme face pétulante et stupéfaite parut faire la moue en s'aplatissant dans un sifflement. Toute la chose retomba sur les deux porteurs comme une tente qui s'écroule et ils se retrouvèrent à genoux, implacablement. La foule — on ne pouvait plus parler de Procession après cela — était épouvantée. Mais çà et là, quelques personnes avançaient vers Farber.

S'il avait eu une meilleure connaissance des armes, il n'aurait jamais fait ce qu'il fit alors. Il abaissa son pistolet, visa et tira à deux reprises dans les pavés, aux pieds de la foule. Instantanément, il sentit quelque chose de chaud siffler à son oreille ; une fenêtre trembla ; le *tikan* d'un musicien se brisa sur sa poitrine ; un autre musicien s'empoigna le bras et faillit tomber à terre ; un bijou en forme d'œil fut arraché à un Talisman — et tout cela en même temps, apparemment. Il y eut un bruit semblable à celui que ferait une horloge détraquée aux rouages de fer et de pierre, un bruit entrecoupé de petits échos pareils à des rires. Dans cet endroit exigu, la balle avait ricoché à trente ou quarante reprises en une fraction de seconde.

Tout le monde en fut stupéfait, y compris Farber, mais il fut le premier à se reprendre. Il fit trois pas en avant en criant et tira à nouveau, en l'air cette fois-ci.

La foule recula.

Farber s'élança vers elle : la foule s'écarta devant lui, comme la mer Rouge au passage de Moïse, et il vit Jacawen, apparu comme par enchantement — tandis que la foule se tassait derrière ce petit homme sombre et inflexible, le seul de toute la rue à demeurer immobile.

Jacawen ne recula pas.

Farber s'arrêta. Il était conscient que le reste des Cian battait en retraite, laissant Jacawen seul avec lui, mais de manière purement subliminale — toute son attention se braquait sur Jacawen, au point qu'il ne voyait plus ni détails ni couleurs à la périphérie de sa vision.

« Nos mœurs ne sont pas les vôtres, monsieur Farber », dit Jacawen.

Les doigts de Farber étaient exsangues, crispés sur la crosse du pistolet. « Foutez le camp d’ici », dit Farber d’une voix si tendue qu’elle donnait la même importance à chaque syllabe.

Jacawen répondit quelque chose, trop rapidement pour que Farber pût suivre le dialecte — unique indication de l’intense trouble émotionnel qu’il éprouvait. Quand son énonciation fut redevenue partiellement intelligible, il disait : « … sais. Je vous préviens, si vous obstinez dans… » cette erreur ? ce péché ? — trop confus « vous la condamnerez à » l’enfer ?… « vous condamnerez votre propre femme.

— Je n’en ai rien à foutre de votre religion », lança Farber.

Une réplique incompréhensible, puis « (?) mort. Elles ne souffrent pas. À la Maison des Naissances, nous leur donnons une drogue qui oblitère toute conscience, sans la moindre douleur.

— Je ne veux pas savoir comment vous rationalisez vos crimes, dit Farber alors qu’une partie de son esprit se demandait à quoi pouvait bien ressembler sa voix. Maintenant foutez le camp d’ici !

— Vous condamnez votre femme à la souffrance la plus extrême !

— C’est à moi de m’occuper de son âme, non ? cria Farber.

— Monsieur Farber… »

Farber braqua son pistolet sur l’abdomen de Jacawen.

Un silence. Puis Jacawen répéta : « Nos mœurs ne sont pas les vôtres, monsieur Farber. »

Farber commença à presser la détente.

Long moment d’hésitation, pendant lequel Jacawen regarda fixement Farber, une expression très étrange sur son visage. Puis le Cian secoua la tête et se retourna. Il s'éloigna dans la Rangée d'un pas modérément rapide, petite silhouette raide noyée dans la fente rouge bordée de noir qui était tout ce qui restait du coucher de soleil.

Farber était seul dans la rue.

Quand l'œil au bord du monde se referma et que la nuit fut vraiment là, il rentra chez lui. Il faisait sombre dans la maison. Un instant, il crut ne plus entendre la respiration de Liraun, puis il la perçut à nouveau, lente et infime. Il se fraya un chemin jusqu'au globe chauffant et l'alluma, emplissant la pièce d'une lueur dorée.

Liraun était assise sur la chaise, immobile, exactement comme il l'avait laissée.

Farber l'observa. Elle paraissait le regarder, mais ses yeux ne bougeaient pas pour le suivre quand il sortait de son champ de vision. Il manifesta une certaine impatience. « Tu n'as plus à avoir peur, lui dit-il. Tu es en sécurité maintenant — je t'ai sauvée, je les ai chassés. Ils ne reviendront plus. Tu n'as pas à mourir. Est-ce que tu comprends ça ? »

Elle ne répondit rien.

En soupirant, il s'assit. Il posa la tête contre le mur.

Le temps parut s'arrêter, alors, ou du moins gommer ses frontières. Il faillit tomber dans un état de transe, dodelinant de la tête pour échapper au sommeil. Au bout d'un long moment, quelqu'un dans la rue — peut-être la *soúbrae*, vu le son — se mit à gémir « *Opein ! Opein !* » d'une voix brisée par l'horreur. Cela fit sursauter Farber, qui se dit pendant un certain temps que les Gens du Crépuscule avaient conclu que toute cette histoire avait été provoquée par un *opein* qui avait possédé Liraun lors de l'*Alàntene* ; c'était une explication bien pratique, mais la voix qui répétait « *Opein ! Opein !* » le fit si longuement, d'un ton si monocorde, qu'elle le replongea dans son hébétement, et il fallut que la voix se fût tue depuis pas mal de temps pour qu'il réalise enfin que le calme était revenu. Il dériva, à la lisière du sommeil, seulement conscient du doux ronronnement du globe chauffant, du battement de son propre cœur, de celui de Liraun, de sa lente respiration, de celle de Liraun, tout cela en spirale descendante, jusqu'à prendre conscience, un peu tardivement, qu'il avait également entendu une spirale sonore ascendante en contrepoint, une série de petits halètements émis par Liraun, chacun à peine plus rauque que le précédent. Et puis — tardivement, là encore — le silence.

Huuunnn, faisait Liraun à travers le silence.

Il se réveilla en sursaut et la regarda.

Ses cuisses étaient trempées de sueur. Son visage était livide de douleur.

Le diagnosticateur, pensa-t-il sans délai. Pourtant, malgré l'urgence, il constata qu'il ne s'était pas levé pour aller le chercher. Non, il restait là, assis, étonné, à contempler Liraun.

Elle avait tourné la tête pour le regarder. Quand leurs regards se croisèrent, la douleur la tenailla une fois encore et elle s'empara, épaules courbées, tête baissée, lèvres ouvertes pour émettre un son qui n'était pas vraiment un cri. Puis cela passa et elle retomba en arrière sur sa chaise, haletante. Au bout d'une seconde, sa respiration se calma un peu. Elle leva les yeux vers lui. Les muscles de son cou étaient tendus et sa peau luisante de sueur, mais malgré la douleur qui déformait son visage elle avait de nouveau un regard alerte et plein de vie. Ses yeux l'observaient avec un calme incongru. Elle le scruta en silence pendant un certain temps avant de se mettre à parler d'une voix égale, détachée, sans le moindre prélude, comme si elle reprenait une conversation déjà entamée.

« Quand tu es venu à Ocean House le soir de l'*Alàntene* et que je t'y ai vu, dit-elle, j'ai su que nos âmes avaient reçu l'ordre de se mêler l'une à l'autre, un ordre donné par le Peuple Qui Vit Sous la Mer et qui fait croître les hommes comme l'homme fait croître les fleurs, les fruits et les raisins. J'ai su, alors, qu'ils voulaient que nos vies s'entremêlent, comme des vignes qui s'enlacent autour d'une treille au point que l'on ne peut dire où commence l'une et où finit l'autre. Cela m'est apparu, comme un soupir venu de la Mer, alors que je t'observais, car bien avant que tu ne me voies, je t'observais. Et j'ai pensé... j'ai pensé tant de choses. Tu étais seul. Je savais que tu étais l'un de ces Hommes lointains, que tu n'étais pas de ce monde, mais je savais aussi que même parmi eux, les hommes de ta propre race, tu étais seul, toujours seul. Au cœur de l'*Alàntene*, tu marchais seul et personne ne te touchait, et moi seule ai vu cela, moi seule l'ai vu. Parce que moi aussi j'ai toujours été seule parmi mon propre peuple, et j'ai pensé : *Comme moi, il n'a qu'une moitié d'âme*, et j'ai pensé aussi : *Réunissons-les, ces deux moitiés.* »

Elle s'arrêta pour se consacrer à sa douleur, et ses yeux roulèrent dans leurs orbites. *Compte les contractions*, lui disait sa formation subliminale, mais il n'en fit rien : il était comme tombé sous le charme. Quand elle put retrouver son souffle pour parler, elle dit : « Et ainsi tu m'as prise. Ainsi je t'ai laissé me prendre. Et parce que tu me voulais, j'ai su que le Peuple Sous la Mer t'avait parlé aussi bien qu'à moi, et que la nuit était faite pour nous. Je n'attendais pas plus que cette nuit qui nous avait été donnée, cette nuit de l'*Alàntene*. Mais tu m'as demandé de revenir, et je l'ai fait, nuit après nuit, je l'ai fait. Tu m'as demandé de partager ton foyer, et cela aussi je l'ai fait, même si cela n'était pas la coutume et que cela m'a mise en dysharmonie avec mon peuple. Et pendant tout ce temps, je n'osais pas espérer de crainte que l'espoir me fût retiré. Mais tu as dit alors que nous allions nous marier, et j'ai pensé, *Enfin j'ai quelque chose que je peux conserver.* » Une autre douleur — cette fois-ci, elle mit plus de temps à passer, et quand elle parla à nouveau, sa voix s'était faite plus grave, plus rauque, comme si elle ne contrôlait son diaphragme que par un intense effort de volonté : « J'étais heureuse d'être ta femme. Mais quand *weinunid* est venu et que tu as dit que tu souhaitais que je conçoive, j'ai été choquée, choquée que tu ne veuilles pas profiter de nos quatre années de vie ensemble, ces années que la coutume nous accorde avant que je sois obligée de concevoir. J'ai pensé, *Il ne veut plus de moi* ; il s'est lassé et souhaite se débarrasser de moi. Mais ces pensées n'étaient pas dignes d'une fille de la Première Femme et de son Obligation sacrée. J'ai donc lutté contre mon chagrin et enfin je me suis dit que c'était, après tout, un honneur pour toi que de renoncer à nos années de grâce — *Il souhaite que nos enfants viennent au monde dès à présent*, ai-je pensé, *car ce seront des enfants spéciaux, pleins de grâce et de beauté.* Je me suis dit que ce devait être aussi la volonté du Peuple Sous la Mer, Leur volonté derrière ta décision, et que nos enfants seraient les Vaisseaux du Pouvoir, Ceux-Qui-Apportent-l'Éclat-sur-la-Terre. Et ainsi, sauf en de rares moments de manque de synchronisation et de ténèbres, j'étais à nouveau en paix. Mais à présent... » Elle hésita. « Mais à présent tu agis ainsi avec moi. Tu me condamnes et me détruis, et je ne comprends pas pourquoi. » Sa voix faiblit avant de retrouver sa vigueur. « Aimons-nous toujours ceux qui nous détruiront ? Les aimons-nous *justement* parce qu'ils nous détruiront ? Parce qu'ils sont les seuls à prendre en charge le fardeau de notre destruction, à l'ôter de nos épaules ? Crois-tu qu'il en va ainsi ? Parce que ce que je ne parviens pas à comprendre, alors que tu me détruis, c'est que je t'aime toujours... » Sur ce, elle éclata de rire, comme si c'était vraiment amusant, elle rit avec toute l'ironie d'un spectre qui contemple les passions de sa vie achevée.

Elle cessa brusquement de rire, et son visage afficha une

expression étrange, dure, complexe, compatissante tout à la fois, très proche de l'expression qui avait été celle de Jacawen à l'issue de sa rencontre avec Farber. Elle le regarda ainsi jusqu'à ce que la douleur lui déforme le visage et éteigne en elle la flamme de l'humanité.

Puis elle se mit à hurler.

21

Quand Farber reprit conscience de lui-même, il était assis le dos au mur, les genoux ramenés contre la poitrine, la tête sur les genoux, le plus loin possible du diagnosticateur déployé.

Liraun avait cessé de hurler depuis plusieurs heures.

Il bougea la tête, paresseusement, et avec le mouvement vinrent la douleur et la nausée, avec la douleur vint une autre lueur de conscience. Instinctivement, il chercha à se redresser et fut récompensé par un véritable coup de poignard, comme lorsqu'on arrache la croûte d'une blessure, sauf que la croûte recouvrait tout le sommet de son crâne. La douleur arrivait, par vagues régulières, et le ramenait au monde.

Un rayon de lumière grisâtre frôla la fenêtre. L'imminence du matin. Il cligna des yeux.

Tu es toujours vivant ? se demanda-t-il un peu surpris mais pas vraiment intéressé.

À nouveau la douleur quand il se déplaça.

Dans un premier temps, il s'était mordu jusqu'au sang la lèvre inférieure ; puis, quand cela ne l'avait pas empêché d'entendre les hurlements — et il les avait longuement entendus avant qu'ils s'arrêtent —, il avait planté ses dents dans sa main, les mâchoires crispées, mais il les entendait toujours et il s'était tapé la tête contre le mur à deux reprises, très violemment. Cela non plus n'avait pas fait grand-chose, à part tout repousser d'un cran, et enfin son esprit avait pris le dessus en se mettant hors circuit, en le mettant hors circuit.

*Maintenant je sais qui était l'*opein, pensa-t-il, puis il s'arrêta de penser parce que cela lui apparaissait comme une chose bien inutile maintenant qu'il était mort, maintenant que le monde n'existait plus.

Il tenta de se redresser et, comme si elle avait été suscitée par ce mouvement, une image de Liraun apparut sous ses paupières : ce n'était pas, étonnamment, une image la montrant au moment où elle hurlait, non, c'était son visage tel qu'il se présentait juste avant que la douleur ne s'abatte sur elle, baigné de cette étrange expression, ce même type de regard que Jacawen lui avait adressé au moment de partir. Il pouvait lui donner un nom à présent :

La pitié.

La pitié.

La pitié.

Il était assis contre le mur.

Liraun avait cessé de hurler plusieurs heures auparavant.

En grelottant, il se reprit. Ses dents étaient encore à moitié enfoncées dans sa main, et sa main était collée à son visage par du sang séché. Machinalement, il voulut redevenir maître de la situation, s'arrêtant parfois pour haleter quand le monde le fuyait : les petits os de sa main étaient certainement brisés. Quand cela fut fait, il chercha autre chose à faire : lève-toi, lui disait son instinct, et au bout d'un moment, avec des gestes lents, il y parvint également. Une fois sur pied, il se demanda encore quoi faire. Cette fois-ci, il ne put penser à rien, il ne trouva aucune activité à laquelle se consacrer dans les cinq minutes qui suivent. Mais dans ce cas, songea-t-il avec panique et détachement, que pourrait-il faire pour passer l'heure suivante, le jour suivant, l'année suivante ? *Les années*, peut-être ? Debout, en proie au vide, il prit peu à peu conscience d'un son si constant qu'il ne s'imposait que maintenant à son esprit conscient.

Des bébés qui pleurent.

Poussé par une chose qu'il ne comprenait pas, il traversa la pièce. Le sol était étrangement caoutchouteux sous ses pieds. Machinalement, il s'arrêta pour couper le globe chauffant et sa lumière dorée. Il continua ainsi dans la lumière pâle du matin, parmi les ombres pareilles à des stalactites. Devant, l'éclat un peu terne du métal poli et du cuir : le diagnosticateur, ouvert et déployé pour former une table étroite entourée de dizaines d'instruments miniaturisés. Farber s'arrêta, fit encore quelques pas et s'arrêta à nouveau.

Sans savoir comment, il avait placé Liraun dans le diagnosticateur tandis qu'elle criait et se débattait, et il avait réussi à l'attacher. Ferri avait pris les choses en main comme prévu, dirigeant à distance les instruments chirurgicaux, et il avait fait de son mieux. Cela n'avait pas suffi.

Heureusement, le visage de Liraun était tourné vers le mur.

Ferri s'était émerveillé de l'incroyable souplesse génétique des Cian, mais elle avait, après tout, ses limites. En un temps étonnamment bref, elle avait transformé des hominidés semi-aquatiques en hominidés terrestres, mais la pression temporelle qui avait déclenché la transition avait aussi entraîné d'inévitables erreurs et omissions biologiques. Une conséquence de cette évolution à marche forcée fut un amenuisement dramatique des hanches et du bassin alors que le squelette se modifiait pour adopter une posture verticale : chaque génération nouvelle fut capable de se tenir de plus en plus droite, mais les femmes devenaient de moins en moins aptes à porter des enfants —

d'autant plus que les naissances multiples étaient la norme. En fin de compte, le bassin fut la plupart du temps trop étroit pour autoriser une naissance normale. En s'adaptant à la terre ferme, l'espèce avait joué et elle avait perdu : c'était une impasse de l'évolution. Une adaptation sociale la sauva pendant quelque temps, quand le premier génie primitif prit un couteau de silex et mit au monde ses enfants en inventant la césarienne. Mais l'univers avait encore un tour à leur jouer : une lente mutation du métabolisme des femmes enceintes, qui tuait les bactéries intestinales productrices de vitamine K au cours des dernières semaines de la grossesse. Aujourd'hui, les femmes ne s'arrêtaient pas de saigner après une césarienne — elles faisaient une hémorragie et en mouraient. C'était un prix incroyable à payer, mais il n'y avait pas d'autre choix. Ainsi, les Cian survivaient.

Voilà donc quelle fut l'Hypothèse de Ferri, largement acceptée à l'époque et qui rapporta à son auteur la notoriété qu'il avait toujours cherchée (curieusement, Farber devint bien plus « célèbre » quand son histoire fut largement diffusée, et le nom de Ferri n'est aujourd'hui connu que des seuls spécialistes). L'Hypothèse de Ferri demeure toutefois une hypothèse. Même aujourd'hui, personne ne sait vraiment quelle est la vérité — et les Cian, toujours aussi discrets malgré de récents bouleversements sociaux, ne veulent toujours pas parler.

Plus tard, Ferri expliquera calmement sa théorie à Farber. Mais quand le diagnosticateur s'était mis en marche devant un Farber qui faisait de son mieux, Ferri n'était pas venu l'aider — il n'y avait qu'une seule chose humaine à faire, et il ne l'avait pas faite. Ferri était probablement incapable de dormir, plein de remords et d'appréhension, mais il n'avait pas pris le risque de se déplacer personnellement. Il avait préféré s'abriter derrière une machine.

Farber tourna autour de l'appareil. Celui-ci avait déployé un plateau matelassé au niveau du sol, et c'est là que reposaient les bébés que Liraun avait mis au monde avant de mourir. Ils pleuraient. À l'aide des commandes à distance, Ferri les avait fait respirer et les avait nettoyés. Ils semblaient en bonne santé — bien plus avancés que des bébés terriens, ils avaient les yeux ouverts et tentaient déjà de ramper. Ils pleuraient probablement de peur et de manque d'attention autant que de faim : quatre garçons et deux filles, de petites créatures rouges et nues qui miaulaient et se heurtaient comme des chatons. Farber les observa longuement tandis que la lumière du jour pénétrait dans la pièce. Son visage était pareil à de la pierre. À un moment, il leva un pied comme pour les écraser, puis il le reposa. Il demeura longtemps sans bouger, puis, le visage toujours impassible, il se pencha pour prendre l'un des garçons. Son fils. Farber le présenta à la lumière. Il semblait ne peser pratiquement rien, mais il se tortillait joyeusement dans les mains de Farber. Il avait trois paires de tétons. Il poussait des cris de rage. Farber le tint à bout de bras pendant quelques instants puis, avec quelque hésitation, il se mit à le bercer tout en pensant, à l'aide d'une partie de son esprit qui allait déjà plus loin que le chagrin, qu'il ferait bien d'aller chercher la nourrice ; les bébés devraient bientôt manger, il faudrait leur préparer des doses d'avance, ils auraient besoin de vêtements… Ses gestes prirent peu à peu une douce autorité et, inconsciemment, il chantonna doucement tout en berçant le bébé.

Au bout d'un moment, le bébé cessa de pleurer et s'endormit.

*Cet ouvrage a été composé par **Bussière***
et imprimé sur presse Cameron
*par **Bussière Camedan Imprimeries***
à Saint-Amand-Montrond (Cher)
pour le compte des Éditions Denoël
en février 2000

N° d'édition : 9256. N° d'impression : 000364/1
Dépôt légal : février 2000
Imprimé en France